往黄山的火车。车顶的白炽灯光压下来，使对面的阿媛看起
斑驳迷离的油画里，阿媛默默地，偶尔怨怼地望向我。
外碰上宝福，我们也许会一直这么呆坐着，相互望下去

一阵惊天动地的呼喝声，我抬头望去，一眼看到宝福，他
身上背着一只红条纹编织袋，粗眉大眼，冲对面一个
起踮又是笑又是喊。

没有见到宝福了，没想到我们会坐上同一列火车，
然在我们上铺。

秀，还记得不？"宝福兴高采烈地拍着女人的肩膀
"差点儿做了我婆娘的。这么多年，没想到我们
今天才见到。"

笑着，她周身利索，健康又受过细心保养的脸
窝。她说着同样的方言，只是偶尔会蹦出几

家乡的土地上游弋，慢慢一段故事浮出水

一个村子，一个村东，一个村西，中间
河。红秀八岁时和
洗衣服，一只脚
受惊的婶子只
傻愣，眼瞅着
一起一伏就要
候来河边玩
一声跳下
。那年宝

秀就这
宝福
红秀

WEI YUEDU 微阅读
1+1工程
1+1
GONG
CHENG
第一辑

夜火车

常聪慧

百花洲文艺出版社
BAIHUAZHOU LITERATURE AND ART PRESS

图书在版编目(CIP)数据

夜火车 / 常聪慧著. —南昌:百花洲文艺出版社,
2013.5

(微阅读1+1工程)

ISBN 978-7-5500-0636-2

Ⅰ.①夜… Ⅱ.①常… Ⅲ.①小小说—小说集—中国
—当代 Ⅳ.①I247.8

中国版本图书馆CIP数据核字(2013)第099400号

夜火车

常聪慧 著

出 版 人:姚雪雪

组稿编辑:陈永林

责任编辑:赵 霞 游灵通

出 版:百花洲文艺出版社

发行单位:全国新华书店

印 刷:北京柯蓝博泰印务有限公司

开 本:700mm×960mm 1/16

印 张:12

版 次:2013年8月第1版

印 次:2018年12月第3次印刷

字 数:121千字

书 号:ISBN 978-7-5500-0636-2

定 价:29.80元

赣版权登字:05-2013-231

网址:http://www.bhzwy.com

前　言

　　以"极短的篇幅包容极大的思想"，才能够以小胜大，经过读者的阅读，碰撞出思想的火花，震撼人的心灵。正因为这样，微型小说成为一种充满了幽默智慧、充满了空灵巧妙的独特文体。

　　如果说在二十一世纪的头一个十年，是互联网大大改变了我们的生活，那么在我们正在经历的第二个十年里，手机将更为巨大地改变我们的生活。如今，以智能手机为平台，正在构成一个巨大的阅读平台。一种新的阅读方式正不知不觉地走进大众的生活。一个新的名词就此产生，它便是"微阅读"。微阅读，是一种借短消息、网络和短文体生存的阅读方式。微阅读是阅读领域的快餐，口袋书、手机报、微博，都代表微阅读。等车时，习惯拿出手机看新闻；走路时，喜欢戴上耳机"听"小说；陪人逛街，看电子书打发等待的时间。如果有这些行为，那说明你已在不知不觉中成为"微阅读"的忠实执行者了。让我们对微型小说前景充满信心和期待的是，微型小说在微阅读的浪潮中担当着极为重要的"源头活水"。

肩负着繁荣中国微型小说创作、促进这一文体进一步健康发展的责任和使命，微型小说选刊杂志社推出了"微阅读 1＋1 工程"系列丛书。这套书由一百个当代中国微型小说作家的个人自选集组成，是微型小说选刊杂志社的一项以"打造文体，推出作家，奉献精品"为目的的微型小说重点工程。相信这套书的出版，对于促进微型小说文体的进一步推广和传播，对于激励微型小说作家的创作热情，对于微型小说这一文体与新媒体的进一步结合，将有着极为重要的作用和意义。

编者

2014 年 9 月

目　录

通往梦城的火车

　　他知道自己在飞奔的火车上，但梦里认定乘坐的是一艘跌宕的海船。他已经很多年没有坐过任何船了。意外地，他在梦里见到了父亲。

　　父亲比上次见时更显苍老，坐在床边，抽着烟，说老家要办事，要他务必在清明节前将地里的玉米收割好，免得碍事。他记得父亲是从来不抽烟的，现在，烟气不断喷出，逼仄的船舱拥挤着难闻的焦煳味。他就在这时醒了。

　　抽烟者是下铺，一个中年男人，刚刚受到乘务员制止，这会儿正烦躁地低声斥责对面的儿子。小男孩躺在铺上，蜷着身子，抽抽噎噎哭个不停。

　　上车时他已经知道他们是父子，出门去某个地方旅行。看来旅行伊始便有些不顺。他有些纳闷，为什么出门游玩的那个男人不带上孩子的母亲。

　　他回忆自己小时候，总是和母亲在一起时间的比较多，并不是因为父亲忙于工作，疏于照顾，而是他自小和父亲距离稍近，就感到透不过气的压抑。熊一样的父亲有着健硕的体魄，棱角锋利的阴鸷表情，他怕和父亲面对面。

　　下铺中年父亲还在吵儿子，小男孩依旧哽着，既不敢大声哭出声，又委屈得停不下来。一直到火车到站。他从上铺爬下，穿好鞋，拎上背包，顿了片刻，趴在那个父亲耳边低语：省省吧，你的儿子早晚有一天会比你更有出息。

　　火车倒出他们这拨乘客，驾着清冷的寒风又开走了。那对父子惊愕地透过窗口望向他，中年男人眼里夹着敌意和恼怒。

　　他若无其事转过身，心里盘算，这对相处不洽的父子还要捆绑在一起多少年。他生活在父亲的阴影下，一直到他上大学，才能够名正言顺边打工边读书，不再拿家里一分钱。

　　最后一次见到父亲是五年前，在母亲的葬礼上。他连夜赶回，母亲在桌子上，退缩进一张相框里，黑白分明的颜色使她的容颜比往日更清晰。晦暗幽冷的气息盘旋在屋内的角角落落，明亮的阳光只在门口逗留片刻便折身而去。他转向床边神色木然的父亲，咬牙切齿地质问："李冬生，我妈死了，你为什么不哭！"父亲茫然抬起头，没有料到他会发难，困窘得有些不知所措。

他从不知道父亲李冬生有没有爱过除自己之外的其他人，据说父亲和母亲的结合，是父母之命媒妁之言。母亲似乎从未从他那里得到过柔情，也没听过一句可心的话，值父亲心情不好还会遭受一顿殴打，可母亲一生却从没有发过一丝怨言。他们在一起时，家里总是寂静的，很少听到他们相互交流。他不太理解他们那个年代的婚姻。

母亲去世后，他曾劝说父亲到他家里居住，市区怎么也要比县城条件好，尽管他对父亲心存不满，但那毕竟是他的父亲。父亲先说要考虑考虑，而考虑的结果是，半年后不打招呼便结了婚。

如果不是前几天二叔三番两次打来电话，他再不想回到家乡。他从未想过不许父亲重找幸福，而是他无法接受母亲尸骨未寒，父亲便新婚再娶。后来他还是听媳妇的，寄去一千元贺礼。不过之后便断了往来。

二叔说，小子，我知道你心里有疙瘩，不过这事非你回来不可。出大事了，出大事了。

他病了？

不是。大事。你还是回来吧，我的话你爹不听。他这个人，一辈子孤拐惯了，难得听人劝。二叔在电话一端叹气。

小生子，回来吧，再随他们折腾，你爹就要被折腾死了。

到底什么事，二叔？他问。

唉，回来再说，回来再说。

二叔死活不讲，他只好回来。站在十二月的站台上，冷风从四面八方扑来。

父亲住在二叔家，被从先前买的那套婚房里赶了出来。来接他的二叔在路上介绍了事情的来龙去脉。

父亲竟然是伤在那位新娘身上。母亲去世后，邻居怕老是闷在家里的父亲出事，就带他出去参加一些活动，组织者是中老年婚介中心，一来二去，父亲与其中一个相谈颇投，中心有意撮合，其他人煽风点火，父亲就这样匆匆结了婚，并且卖掉旧居买了套新房。没想到今年那女人与前夫的儿子要结婚，说是母亲出资买的，便强占了去。查查房证，确实是那女人的名字。唉，说理说不过，那女人翻脸不认人，你父亲就这么到我这里了。

他半晌无语。一路思谋，从没想过是这种情况。简直是一场闹剧。

接下来的一段时间，他一边心怀幸灾乐祸，一边为房子的事四处奔波，早出晚归。父亲李冬生从不肯走出卧室吃饭，偶尔见到他，总是闪闪烁烁做了错事的表情。

事情进行得还算可以，对方那个儿子人也不算太混，只是穷。自始至终他都没和那个女人见面。他不知道值此波折，父亲还愿不愿意和她过到一起。重新拿回房门钥匙后，他换了把新锁。

簇新的防盗门钥匙摆在李冬生面前，父子俩谁也不说话。

明天我回去。李冬生点点头。

有事打我电话。李冬生认罪似的，再次点头。他发现，五年前还挺拔的李冬生已然是一头白发，邋邋遢遢像大街上没人照料的糟老头。不由一阵心酸。

蓦然他想起下火车前，对那恶狠狠吵儿子的中年男人的留言：省省吧，你的儿子早晚有一天会比你更有出息。他从自己身上抽离出去，仿佛看到长大的小男孩，站在那个急躁无情的父亲一旁，强壮、高大，有了扳倒世界的能力。可为什么，他根本没有为童年的伤害感觉到哪怕一点儿安慰？

要不，还是跟我走，以后让我照顾你吧——他犹豫再三，脱口而出。

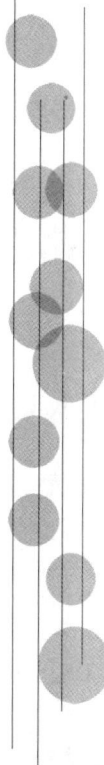

出租车司机

当他的车与广场石像再次相遇时，他看到灌木围栏上的雪更加肥硕。

这已经是第三次经过，而车后座的乘客依旧默不作声，没有停的意思。他瞥了一眼反光镜，镜中的客人探身看着窗外雪飘大地，只是一脸落寞。

客人从三个小时前坐上他的车，就是这副表情，已经赚得差不多了，他有些于心不忍，觉得有必要提醒一声。

"老板，再往前一点儿，就是您下榻的宾馆了。"

"哦。"客人如梦惊醒，"咳，我都忘记了。是不是耽误师傅你下班了？"

他咧开嘴："怎么会，俺最开心的就是车轮滚滚。"

"呵呵。"客人笑了，轻声地，在嗓子里嘀嘀咕咕，像是被他一番话逗乐，却又因为哪里的栓塞没打开，捂在胸腔。

"师傅是乐观人，家里有几口人？"

"老爹老娘，老婆孩子，还有一个弟弟，六人组合。"

"多好啊，下了班，一家人乐乐和和，三世同堂。"

他抿抿嘴，没提老婆病快快已经半年没下过床，没提弟弟弱智大小便不分，没提儿子学习不好三天两头学校要叫家长，他出车养家，七十岁爹娘管一家子生活。同堂？他蓦然觉得自己这一生是多么失败。

一阵乐曲，是童丽的《梁祝》，他爱听，常常在出车时播放。那一股子缓缓柔和的声音，像水流过，慢慢熨平他的心。

客人看都没看，关机。拍了拍前座：

"师傅，跟我走吧，按出车计费。"说完，不容置疑地推开右门下了车。

锃蓝的出租车停在宾馆门口，街上的灯光华丽地铺排，极尽张扬，他猛然想到，今天是平安夜。他说不出为什么，问也没问，锁上车便随客人而去。这不像他一向以来谨慎的风格，对那一以贯之的风格，他突然想报复一下。

客人没有去餐厅，而是去了宾馆的歌厅。他小小地失望了下，以为会享用一顿美食，尽管出车前他刚刚吃了六个老娘蒸的大包子。

客人开了间大包，领班过来，恭恭敬敬地问，要不要叫两位小姐。他心里突了下，无缘无故脸上挂不住，他偷瞥了眼客人。

"不用了。"客人说，"两打啤酒。"

"好的。"领班垂手而退。

"没事的，不是你想的那样，这里很干净，只是陪唱歌。"客人走近沙发，歪身坐下。

他讪笑，掸了掸衣服上的皱褶。左扭右扭，在另外一个沙发上坐下。

啤酒来了，墨绿的小瓶，不锈钢架托着。他从没见过。

"全部打开。"客人指示他拿起一瓶，隔空与他虚碰了下，仰面饮了起来。

一种清甜顺喉而下，他举起酒瓶凑着灯光打量，瓶身居然没有一个认得的中国字。他又灌下一口，片刻身子从里往外散发出暖气。

"老板，你唱个歌吧。"他问。

客人像没听见，兀自喝酒。

几口酒入肚，他放开了，拎着瓶，走向点歌机。

他有一副好嗓子，从小学到初中，然后到当兵，他一直是文艺骨干，独唱，领唱，他都干过。许多人都说他入错了行，如果再稍稍受点乐理训练，铁定比内行还内行，哪儿轮得上快女超男。曾有人建议他报名"星光大道"，他确实动过心，可想想一家老小实在离不开，又怕费劲，就放下了。不过每次看到毕福剑那张憨厚的脸，他都想找什么人哭一场。

他最拿手的是唱红歌。看客人的意思是要继续独自喝下去，反正歌房是掏了钱的，不唱白不唱。

刚开始他总也扭头看沙发上的客人，怕人家不高兴，后来竟入了戏，直唱得江河直下，风动云摇，唱得是淋漓尽致，肝胆顺畅，喊出了生活里这么些年埋在心里的不痛快。几十首过后，他不是在唱了，而是在喊，声嘶力竭地吼。终于连吼也吼不出了，站在歌房正中筋疲力尽地喘息。

啪啪啪。稀稀落落的掌声，啊，是沙发上的客人，他几乎忘了这个重要人物。

客人桌前摆了一堆酒瓶，此时正醉眼微醺冲他点头鼓掌。

"老弟，好声音。"客人说，"知道吗？我最拿手的是弹电贝司。"客人比划了个动作，"拿过全国大奖。信不信？信不信？"

"信，信，信。老板一看就是人中龙凤，和我们小老百姓不一样。"他连声应和。

"错。你这么说我不喜欢听。"客人摆了下手,"我祖父曾是个将军,他说,音乐不过是个玩意,无用之物,家里人只许当玩意玩,谁也不许当真。知道吗?不许当真。老爷子的话就是祖训。我玩了一年,拿了奖就不再玩。"

"您家老爷子有思想,音乐确实不能太当真,太当真,它就开始耍你,耍得你找不到北了,耽误事。"说话间,蓦然一个姑娘闯进他的心里,那窗子里脱俗的丽影曾那么清晰地印在他心上,他为她而热爱唱歌。只有当他唱歌的时候,她才会打开她的窗户。

那时候他还是半大孩子,那段美好又纯洁的情愫他从未向人坦白过,连家里人都不知道他小小心灵隐藏的秘密。后来对面楼上的姑娘不再露面,不知所终。他从此做什么都好像少了点激情。

"无用之极。"他摇摇头,努力摆脱突如其来的回忆。

外面传来一阵喧闹。

"什么声音?"客人问。

"平安夜,今天是平安夜,12点了,有人在祝贺。"

"呵。"客人不以为然。

喝完最后一瓶酒,他们走出歌厅。客人没有多说什么,抽出几张纸币,给他,然后面无表情转身而去。

他被夯了一拳,感觉自己像个妓女,陪人欢笑一场,曲终人散换得几块冰凉凉的银两便被打发掉。

没过多久,他便释怀了。

雪还在下,宾馆门外的雪地静静悄悄。

夜 火 车

我和阿媛约好一起去黄山，这是我们毕业前夕最后一次远游。

我们登上通往黄山的火车。车顶的白炽灯光压下来，使对面的阿媛看起来像是浸在斑驳迷离的油画里。阿媛默默地，偶尔怨怼地望向我。

如果不是意外碰上宝福，我们也许会一直这么呆坐着，相互望下去。

车厢入口一阵惊天动地的呼喝声，我抬头望去，一眼看到宝福，他堵在通道，身上背着一只红条纹编织袋，粗眉大眼，冲对面一个女人手舞足蹈又是笑又是喊。

我已经很久没有见到宝福了，没想到我们会坐上同一列火车，并且他居然在我们上铺。

"嗨，红秀，还记得不？"宝福兴高采烈地拍着女人的肩膀，对我开口，"差点儿做了我婆娘的，这么多年，没想到我们都在北京，今天才见到。"

红秀抿嘴浅笑着，她周身利索，健康又受过细心保养的脸上有一对酒窝。她说着同样的方言，只是偶尔会蹦出几个京腔音节。

我的记忆在家乡的土地上游弋，慢慢一段故事浮出水面。

红秀和我们一个村子，一个村东，一个村西，中间隔着一条河。红秀八岁时和婶子去河边洗衣服，一只脚滑进水里，受惊的婶子只顾拿着棒槌傻愣，眼瞅着河里的人一起一伏就要沉底，这时候来河边玩的宝福扑通一声跳下去，救了她。那年宝福十一岁。

宝福和红秀就这么好起来，宝福走到哪儿红秀就跟到哪儿。有人逗宝福，说红秀是你婆娘吧？宝福擦把鼻涕，真就跑回家让娘去说媒，笑得全村人一个个喊肚子痛。

宝福早早辍学去城里打工，临走红秀送他一条雪白的擦脸汗巾，和绣着两个窝着脖子打瞌睡的粉鸟荷包。宝福一直不知那是两只情意绵绵的交颈鸳鸯。

宝福一去就是五年时光，五年里娶个老婆也应该有娃了，可宝福像吃力的牲口，只知道跟着建筑队四处搬砖、和泥。宝福聪明，泥瓦匠的活儿学上

半年就会了，半年后就升了大工，工资比小工多两倍。宝福没啥花销，开了工资就存在当会计的老板娘那里。

宝福挺喜欢老板娘温眉善眼的微笑。那样的微笑让他想起老家的红秀，慢慢两张笑脸就叠合到了一起，像一摊月亮下的水，闪闪发光，含羞含情的。宝福一时也不能等，扑通一声就跳了进去。

回村后的第一个晚上，宝福悄悄越过河去找红秀，红秀一见面，瞪着眼问他：送你的鸳鸯呢？宝福愣了，挠挠头，不知道她说的是什么，直到红秀说是那个荷包，他才一拍脑门，说，丢了。红秀就哭。哭得扯心扯肺，让宝福心里说不出的难过，他恨不得扇自己一个耳朵。红秀带着泪笑，心疼地揉他的脸。那天晚上的月亮明晃晃地洒在地上。

提亲时，宝福拿着大包小包，跟在媒人身后。那天的小风真锋利呀，带着牙啃在人脸上，麻酥酥的刺疼。半道上，红秀的二哥三哥拦住他们，说，别费劲了，家里不同意，让捎个话，别当面拒绝下不来台。红秀的三哥哼着鼻子，说这几年家里磨面粉，搞深加工，挣下泼天的家产，眼红的人多了，都想打老妹子的主意，还是先掂掇自己的斤两再上门吧。

宝福懵在当场。后晌他就登上开往北京的火车。

关于宝福的事情我从二哥处听来，他们是同学。"你可真亏，我哥他们都说你呢。你明知道红秀喜欢你，想嫁给你，可你听了闲话就一走了之。"

是啊，我混蛋，我对不起红秀。宝福一巴掌刮在自己脸上。

红秀急切地拉住。眼里挂着泪：够了。

快十点了，列车员提醒火车上的大灯要关闭了，旁观的人开始散去。上铺的人感动于这桩人生憾事，主动和红秀换了位置。

这对邂逅的情人还在说个不停，我和阿媛商量把下铺让给他们。

现在，一道窄窄却又如深渊般的过道将我和阿媛遥遥相隔。我看阿媛倦怠地闭眼躺在枕头上，灯光昏暗，看不清她的脸，不由探过身去，伸手抚摸她的秀发。

阿媛睁开眼定定地望向我，早已是一脸泪水。

一时，无边无际的恓惶漫上来，禁不住的凄凉，心里有什么东西都要碎了。

游黄山之后，我和阿媛就要各奔东西，我留在北京继续读研，她要回东北老家，她的父母已经给她找好工作。工作，在毕业即面临失业的大学生眼里是一副黄金枷锁。我不由苦笑。我不能阻挡阿媛的幸福生活。

这一夜，是两对情人的夜，火车上载着的，一个是相聚，一个是离别。

　　不知何时迷迷糊糊睡着了，又迷迷糊糊被列车员叫下了车，当火车卸下几个旅客徐徐开走后，身上的热气与睡意也慢慢被带走。我吸着冷气，打量这个清冷的陌生站台。

　　望了一会儿，我对阿媛说："真好，我们下错站了。"阿媛拉着行李，天使一样望着我，里面弯着一丛笑，"我一直醒着，知道。"

　　我们因为和宝福红秀换铺，提前被列车员叫下了车。而那对阔别多年的恋人，却在一脸幸福的梦境中被拉往我们的目的地——黄山。

　　黄山，之前我与阿媛曾想在这个地方做我们爱情的终结。

　　四月清晨的风让人清醒振奋。目送远去的火车，它已经穿过缠绵的夜色。我与阿媛相视而笑。

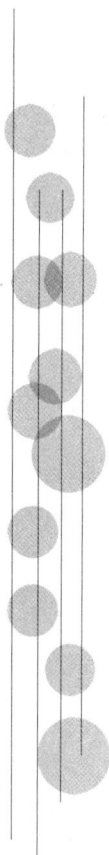

和安娜女士的最后几天

安娜的班机抵达时贺子航在县里，正陪同大大小小的领导们视察重点项目。安娜说，不要急，我在酒店等你。

安娜是贺哲的老朋友，贺哲最后一次离开前，曾再三叮嘱贺子航，如果安娜来一定要好好接待，"就像我在时一样"。算来贺哲说这话已时过八年。八年，可以是男孩向男人嬗变的一瞬间，也可以是女人苦苦修炼的一辈子。

贺子航很早就一腔热情等待安娜女士的到来，只是不很巧，最近单位一直在乡下调研，忙得顾不上接机，忙得都顾不上回阿媛的电话。阿媛留言：老爸老妈要开除他的女婿籍。安娜微笑着看他：女朋友，还是老婆？

贺子航就笑了，觉得安娜比想象中还要亲切。是娘子。

哦，如果不方便就不要陪我老太婆了，家庭和睦更重要。

哪里话，刚和阿媛解释过了，如果不是因为一个案子缠手，她也想过来见您。

你们可真忙啊，安娜感叹。在加拿大，工作时间之外可以拒绝接受任何公务。但是真的很寂寞，人的活动范围更多的是在家庭内部，极少体会到与别人交往的快乐。轮椅上的安娜一头白发，宝蓝色披肩围在身上，像一朵枝叶纷繁的鳞托菊。

安娜让贺子航陪着逛了整整三天，轮椅的车辙碾遍当年的大街小巷。安娜就像个孩子，情绪时时被回放的记忆点燃，她有时滔滔不绝，向贺子航介绍当年的建筑，或者某件史实，有时又凝神沉默，陷落进细密的往事里。那些街道有的已经被大厦占据了，贺子航日日从旁边路过从没什么发现，而安娜居然能够凭借记忆找到当年时代的标识。

三天来，安娜从没有提到贺哲，而贺子航却能清晰地感觉到贺哲就在他与安娜之间，安娜更多时其实是在与贺哲对话。

贺哲是他的叔叔，若干年前，贺哲的大哥他的生身之父，将他领进泡桐叶刚刚丰满的小院那天起，他就开始改口叫贺哲爹爹。爹爹贺哲一生未婚，

父亲说很多年前一个女人被迫离开他去了国外。好像和时局有关，具体原因不详。

现在，贺哲躺在千里之外一个乡野小村的土地里，日日默守他的空寂，贺子航相信，贺哲一个人静静地听风弄月时，仍在隐隐的遗憾里怀念着这个叫安娜的女人吧。

最后这晚，贺子航带安娜去邻县看焰火。安娜很开心，说她在加拿大时，日日最想念的是那烟花在天空刹那间绽放的绚烂，而加拿大的夜空是日复一日锋利的纯净，日复一日冷冰冰结着霜花的蔚蓝，在那里，天空和上帝高高在上遥不可及。

可是，您为什么不早早回来呢？贺子航不解，又有些为贺哲抱屈怪罪。

安娜笑笑，捶捶自己无知觉的腿，不语。

大规模拆迁还没有延及邻县，仍保持着农村"过会"热辣辣的气氛。贺子航说，您运气真好，前几天我们来这里调研所以知道要放焰火。

天色还不及黑透，已经有爆炸声迫不及待冲向天空，随后在那紧接的闷响中，一朵银花在高空敞亮地散开，硕大的花瓣在无限可能的延展中绽放，那亮度像多年前恋人回望的眼神，夺人心魄地晶莹。之后，又有更多的眼神眨亮这个夜空，黄色、红色、蓝色、七彩斑斓，天空开始像一个狂放的魔术场，令人目不暇接地变幻。太美了。安娜女士赞叹，眼里流出泪水。

她坐在轮椅里，半边肩头瘫软地靠着贺子航。太美了。她拉起贺子航的手，捂在自己的额头，大声抽泣。

安娜的机票是提前订好的，贺子航恋恋不舍："要不您不要走了。"安娜笑笑摇摇头。临走前，她褪下腕上一只白玉镯，交到贺子航手里，托他埋进贺哲坟前，"权当我陪在他身边吧"。贺子航点头称好。

安娜走后贺子航继续下乡，中间回过一次家却没有碰到阿媛。工作将他们隔成咫尺天涯。他一直想给阿媛讲安娜女士与贺哲的故事。

六天后，加拿大方向打来电话，一个瓮声瓮气的声音告诉贺子航，安娜女士于今早九时三十六分，在疗养院去世，走时面色安详。

贺子航颓然放下电话，走到床边，从抽屉里拿出那只玉镯。玉镯发散着月光般静谧的光晕，像安娜走前交到他手上时一样，只是安娜女士留下的温度已然淡去。

有什么东西湿漉漉地爬上贺子航的脸庞，他吻了吻玉镯，重新拿起电话，拨了一个号码，在信号接通那一刻，他大声向对方喊："阿媛，我会好好爱你一辈子！！"

聚 会

聚会进行到二十分钟，肖雅打来电话："腰椎间盘突出，动不了了。"

"昨天不是还好好的吗？一起逛街采购什么的。"

"谁说不是呢，人有旦夕祸福，不说了，疼死人。"

"不是听说李剑要来吧……"

肖雅那头两秒停顿，粗嘎嘎发出笑声："老头老太太了，还开这种玩笑。"

"喂喂喂。"王茜再呼叫，肖雅那端没了声音。

"搞什么，到底是毕业十六年，第一次同学聚会嘛。"王茜冲电话嘟囔，却又无可奈何。半个月前就在筹备这场聚会了，哪知肖雅临门一脚退缩了。

王茜抬眼瞥向一旁的李剑，李剑尴尬地笑笑，"你这家伙还和当年一样，和我有什么关系，也许真不方便，不如改天一起看看。"

"谁不方便？怎么个不方便？有什么不方便？该不是大情圣邀约，谁不方便吧。"刘明利冒出来，促狭地挤兑李剑。

"是肖雅。"李剑连忙解释，"肖雅腰椎间盘突出来不了了。"

"肖雅呀，肖雅这次可是大功臣，怎么就突出了呢？这年头，千万不能高，不能突出，一突出就麻烦大了。"刘明利是他们这批人中官位最高的，一出校门就入了机关，这些年仕途一帆风顺，已经处级了。这官场混久了嘴巴就油，大有悬瀑直下的滔滔之势。李剑笑笑应和。

分别数十载，一帮同学变化很大，莽撞少年们成熟了，外向的也内敛了，毛丫头如今个个脂肥玉润，在岁月的淘洗下应对自如进退从容，风韵翩翩。

只可惜没见到肖雅。李剑惋惜。当年他与肖雅好过，毕业后不了了之，时间相隔太久，想不起谁负谁，肖雅是他最美好的初恋。往事经不起回忆，美好是因为甜蜜，伤感总是因为甜蜜太短暂。他拿不定主意回头要不要看看肖雅。

刘明利又在闹了，窜到对面和王茜她们攀酒。李剑思忖一下，开始明白是因为餐桌排的座位让刘明利不爽。王茜毕竟是女同志，对这种心理不很敏感，她还是按当年毕业前最后一次聚会时的位次排桌，而且很细心地打着桌牌。李剑心里叹气，当日都是人人平等的纯真少年，没有阶级只有年龄，现在今非昔比，王茜这次怕是用力不讨好了。

老大去年肝病不在了，老二远在加拿大没有回来，他是老三又是当年的班长，顺理成章坐在主位。他咳了下，公布肖雅不能前来参加的消息，提议大家遥祝肖雅早日康复，一桌人哄然举杯。

他再举杯，提议第二杯敬王茜，此次聚会所有费用是王茜同学出的，明日豪艇出海请大家吃海鲜。

王茜远远投来感激的眼神，刘明利刚才闹了她六杯酒，还不罢休，她心里多少有些气恼。这些年她一人独挑天下，做到批发商中的大姐大，凭的是真本事，虽然她脸粗糙了，手掌有了老茧，身材走了形，可她看得起自己。这个刘明利太不给面子，上学时挺害羞的样子啊。

"第三杯。"李剑郑重端起，"敬先走一步的老大，祝老大在天堂里快乐，也祝诸位同学身体健康，长命百岁。"两桌人默默将酒倾倒在地。

"哎呀。不可以的，不可以的。"包间服务员惊叫起来，慌慌张张跑了出去，二十号人莫名其妙。一分钟后，酒店经理脸色难看地跑了过来，在屋里转了一圈。李剑暗暗后悔考虑失周，这是家高档酒店，厚厚的羊毛地毯踏在上面软绵绵的悄无声息，刚刚心情激动，引导大家直接将酒倒在了上面。

他摆摆手，招呼王茜继续敬酒，起身咳了一声，暗示经理。经理果然久经世面，亦步亦趋跟了出来。他们谈了几句，经理连连点头。

处理完这件事，推门欲进时，李剑听到又是刘明利张扬的笑声，这笑没有指向和用意，却尖锐地让他心里非常不舒服。他和刘明利不在一个城市，更不在一个系统，上学也没有过节，可今天见到，刘明利身上某种东西刺目地分明。这种不对劲儿不是因为冒犯，说不清道不明，他没看出来其他人有何反应，但他从心里对刘明利不想看，不想听。无处不在的反感。他是不是坏了？

他悄悄离开门，走进安全通道，那里有扇窗，开着。

夜色融融，五月的闲风迎面而来，空气中是零零碎碎的清淡花香。他伸头张望，原来窗外是一片花坛，挡住了外面的鼎沸喧嚣，高高低低的应该是浓密的月季丛。月季是他们的市花。他不由回忆起上学时的肖雅，曾经有人称肖雅"人淡如菊"，是校花。

如今，人事全非，肖雅还是以前娴静、脱俗的肖雅吗？

微童话

姑姑过世了，我匆匆结束与同伴阿馨漫无目的的旅行，以最快时间赶回。

姑姑走时很平静，侧卧在惯常读书的床头，右臂弯曲搭在腹部，手里还拿着半个苹果。家里人都知道，她睡前读书有吃水果的习惯。入殓时，姑姑面目含笑，死活不肯张开嘴，让人们将她口中咬下的苹果取出。

姑姑比我大十岁，但姑姑会魔法，是逃出时间算计的精怪，她在我三十五岁这年，逆转年轮，变得比我还要年轻。我对年长的"妹妹"无可奈何，正像对此时此刻一样无可奈何。我站在人群中望着她，眼巴巴看着得了逞的黑袍死神围绕她飞舞，忍不住放声大哭。

殡仪馆内人来人往，不停有人进来鞠躬，参观死者以及生者。这是我所经历的家人中第一桩丧事，以前也参加过其他人的葬礼，但从没发现这事热闹得这么无聊。我们鞠躬，我们握手，我们对悲戚的同情点头表示收到。

我瞥见姑姑嘴角掀起一丝嘲弄。

那个男人来了，带着一枝白菊花，垂丝般的菊瓣上挂着一粒粒水珠。屋内外沉静下来，侧目相视，故作姿态，却自动为他让开一条通道。

那男人迟滞的脚步将自己拖向灵台，双手放下白菊花。我以为他会流泪，甚至哭出声，但没有。这个男人面色平静，像拜祭一个普通人：一鞠躬，二鞠躬，三鞠躬。礼毕，随后转身头也不回地走了。

没有人为他唱礼，负责迎宾的父亲从他进门起就一直低头揩自己的鼻涕。左一下，右一下。

我呆了呆，本不想转头去看姑姑，可姑姑的亡灵急不可待地飘向我眼前。她又是皱眉又是嘟嘴，挥舞着透明的手臂威胁。我对这张只有我能看到的脸无可奈何，我和姑姑很相似，如果照镜子，我们自己也会疑惑究竟谁是谁。我无法自己拒绝自己。

我听从姑姑的催促，追赶出去，在殡仪馆大门外拦住那个男人。他站住，回望着我。

从二十几岁开始，我就对眼前这张面孔深恶痛绝，这是我们家庭的噩梦与耻辱。现在，我第一次正式面对，挑衅地打量它，评判它，十几秒，十几分钟，或者十几年，随后我慢慢松懈下来。这张脸，端正俊雅干干净净，像死掉的人一样安静，眉心灰败没有光泽，这个人分明已经被悲伤摧毁。这样一张脸，谁看到也会心软。

我将手心紧握的小包递给他，生硬地说："我以为你不会来。"

"她知道我一定会来。"那男人花开似的笑了，那是冰雪中一朵颤抖的小雏菊。

我赌气扭头离开他，很沮丧，被人打败的感觉，而帮助这男人胜利的，居然是因他而终身未嫁的，我亲爱的姑姑。

"现在，我受你所托，将你们的定情信物还给他，你可以放心了吧。"

"很多年前你就筹谋你的葬礼，一心一意，纯洁无瑕地想象，现在这天终于来了，你可满意？"

"你来人世一趟，如此任性地结束，是守住了最完美的童话，还是根本制造了一个笑话？"

我边走，边大声质问。没有人回答。

我远比姑姑的父亲、母亲、兄长，也就是我的祖父、祖母、我的父亲，更清楚姑姑的爱情。

那不过是个老故事的开头：相逢恨晚。具体过程被姑姑渲染得如诗如画，如痴如醉。她一头长发从那年起，再没有剪过。每年她都在生日那天收到一只昂贵的发卡，美美地戴上一整年，然后等待换成新的。

偶尔她将发卡摆满一床，吟诗，吟："一寸相思一寸灰。"吟："衣带渐宽终不悔。"吟到不知不觉一脸泪水。姑姑哭时从不避人，触动心事便痴痴呆呆，起先家里人还劝，后来再没人敢说话。

姑姑从没给我看过他们的定情信物，只说这东西等她不在后，一定要转交他。我曾猜测，不久就厌倦了，这件不祥物一定是潘多拉的礼物，正常的女人不该收下，更不该当做生命一样永久保存。

"姑姑。"我仰头大喊。"值得吗？"

"值得吗？"

"值得吗？"

"值得吗？"

空旷的殡仪馆回声阵阵，惊起忍冬丛上停留的一群麻雀，扑簌簌四散高飞走了。

　　有几只飞上天，排成队形盘旋一阵，衔起什么放在屋顶，啊，是姑姑，透明的姑姑，轻盈的姑姑，她此时已换上宽大的婚纱，手持那朵淌着水珠的白色鳞托菊，对着远方痴痴相望。

　　那远眺的神情既古典又与世界格格不入，像被困在高塔，日日苦守窗口，等待心中王子的公主。

　　那王子来了，却不是你的。

　　"姑姑。"我喃喃低问，"真的值得吗？"

雾　行

　　前方奔驰尾灯一闪一闪，像不断抛来媚眼。我们咬紧它，像网住一条大鱼似的毫不放松，不给它溜走的机会。

　　北方的冬天翻脸很快，大雾说来就来。早晨退房时，听说高速封了，没办法，我们只有走下边。其实真正着急的是阿馨，她才是司机，方向盘归她管，我顶多算不会开车的副驾。

　　"阿宁，我们怎么办？"

　　"听预报明天有雪，万一困在这里可就麻烦了。"我厌了一个地方就一刻也不想留，再说已经到此地两天，继续打扰当地朋友也实在不好意思，有句古话说：客留三天臭。还有古话说：客走主人安。我们还是接着信马由缰地旅行的好。

　　这话不好直说的，免得朋友多心伤感情，这两天当我们是上宾供奉着，引路四处参观，热情似火。几次细节上的妥帖，让我印象深刻，忍不住悄悄向阿馨伸大拇指，赞她交友有眼光。

　　阿馨不说话，只抿嘴笑，我赞她的朋友相当于当面夸她。一月前我们临时起意约伴旅行，这里是我们的第二站。我们策划下半生只要有时间就出来，随意行走，她画她的画，我写我的字。远路坐车，近路开车，这次我们出来没打算走太远，就开车，只没料到天会下雾，而且来得这么猛烈。

　　我从没见过这样的雾：白团团，扑面而来，眨眼即至。

　　大雾瞬间就将公路包围了，看不见路基，看不见地面，看不见路两侧的标志。整个车体像悬浮于迷天幻境，连自己都像是虚无的。我刚叹了声：多么地诗情画意，就被阿馨的脸色吓住了。

　　她的脸色太难看了，遇上妖怪似的惊惧不安，上身僵直在座位里，犹如被施了定身法。我喊她不应，轻轻推了推的胳膊，她紧张地问："怎么了？怎么了？"

　　"你，"我犹疑地问，"你没事吧？"我不会开车，不能体会她的感觉，但她的表情吓住了我。

　　"雾，我从没在这么大的雾里开过车。"阿馨凝重地回答。

　　"很厉害？很严重？"

"要多厉害就多厉害，要多严重就多严重。"

"哦。"

"你这家伙，雾天开车危险，你不知道吗？"阿馨沉痛地瞄来一眼。

"你开车，我放心。"

"你放心，我可不放心。回去你一定要学开车啊。"阿馨哀叹遇人不淑。我嘿嘿笑，良心上开始为自己不会开车有些微惭愧。

前方奔驰车身拐上一条小路，那里肯定不是通往我们的目的地。导航报告，直行，一直直行，大约要半个小时以后再左转。

阿馨怪叫，没有引路的了。刚落声，后面一辆现代超了上来，不远不近跑在我们前方。太好了。我与阿馨如见救星。急忙跟上。

现代的两块尾灯闪啊闪，像美人鱼多情的大眼睛。我们只当游弋在无边无际情况不明的大海，不敢过多偏离，生怕不小心撞上礁石。

大海啊大海，白浪翻滚的大海，北方平原特殊生产的大海，你是大地深处的王，穿越千古的行者，无所畏惧只会使人闻之色变的恶魔，你平生最大的对头是太阳，而此时它被你困在冰渊地窖。

我小心翼翼不让突发的念头说出口，担心阿馨又责怪我不会开车。

突然阿馨手机响了，优雅的《梁祝》这会儿听来特别刺耳。

"阿宁你接，问是谁。"

"喂，您好。"

"阿馨老师，阿馨教授，哈哈哈。"对方好像是刚刚告别的朋友。

"不是不是不是，阿馨在开车不方便听电话，有什么事吗？或者等她有空回电话，或者方便我转告的话，我来转告。"

"阿宁啊，哈，你问阿馨，后悔上路没？"

"没有，有人给我们带路呢。"阿馨趾高气扬地大声说。

"嘴硬。"对方又是一阵嬉笑，"路上雾大，你们又不肯留下，不过不用担心，已经和沿路朋友联系过了，有人会为你们带路，直到上去国道。"

"啊？"我们面面相觑。

前方现代像是呼应通话，闪了几下大灯。

"谢谢。"我和阿馨异口同声。

雾气似乎淡了，不再那么让人压抑。前方闪烁的"眼睛"也变成一只只热情关切的手，手拉手，将我们带出惶惑的迷雾。

这段路途始终有车接应，前车刚刚消失不见，紧接另外一辆就替补上来。我数了数，直到雾散不影响视线，在我们前方共出现过九辆车。

好一场友谊车队。

微纪实

起雾了，远方的雾，一层追赶一层，满眼都是拥挤、纷乱的感觉。高阁于十九楼，在这大雾压境下，像是从人间被隔离了。李徽站在窗口，看着玻璃上映出的那个发了福的中年男人：那男人五官已然被岁月揉得眉目不清，犹如窗外的混沌世界，横竖没了天地。他很少停下来打量自己，这样被动宁静的时刻不多，更多时候是处于不停游走的状态，像一只以为自己永远青春旺盛的驴子。李徽望着那个自己，怅然若失：原来他早就老了。

雾重得失却法度，容易勾引出埋藏的伤感，诱惑人在无序的伤感中缅怀。他缅怀他的青春，那些曾经像花儿一样盛开在他身边的女人们。如今她们各自将自己安顿在何方？

阿柯的电话就这时响了。李徽猛然惊醒：这间屋子里还有一个女人。阿柯的铃声是尖啸的重金属音乐，他始终不懂是什么曲子，十分生猛，像放出一群妖怪。

阿柯睡意蒙眬接通电话，和那边嗯嗯啊啊，"好好，后天一定到。"

他望向阿柯，阿柯抬头看到他站在窗口，呆了呆，没心没肺地笑了："起来了呀？吓我一跳，突然犯晕，怎么屋里多出一个人。"

"我可是你老公，你怕什么。"他好笑地调侃。

"这不是不习惯么。"

他白白眼，习惯，结婚一年了还没习惯，这女人，什么脑子。"谁来的电话？"

"老苗，后天老江孩子结婚，通知我参加。"

"哪个老苗？"

"利鹏公司的老苗，老江是利科公司的，一个比一个有钱，家里三辆宝马，一辆林肯。"阿柯边穿衣服，边艳羡地说。

"是老苗还是老江？"

"老江啊。老苗家里两辆奔驰。"

"哦，你的朋友可真有钱。"他闻到一股微微的酸味从哪里飘进鼻腔，也可能是他人老肉酸，体味重了。他嗅了嗅腋窝。

阿柯刚要接腔，又一个电话响起。这次她声音提高三个分贝。他听出来，是阿柯经手的一个项目市政通过了。

"好，好，好，我马上过去拿单子，对，对，带着合同。这次您最辛苦了……"阿柯接着电话，似乎是无意背过了身，低下声叽叽咕咕，嘻嘻笑着。

他有些恼怒，挺直腰扭头走进阳台。

阳台没有暖气，马上感觉到深冬的寒意。雾浓得像墨，遮盖了地面一切发光和闪亮的，他能感觉到那雾中携带的湿气，轻薄的，沾上脸颊像雨又不是雨。雾中的行走是不确定的，暧昧的，有着冒险的期待。他记得还年轻时，对四季狂热地关注。

"李徽，手机——"阿柯在卧室喊。

他匆匆中断走思，返回屋内，没忘记关上阳台落地窗。

阿柯见他进来，欲言又止，犹豫一下，还是忍不住："你老婆。"

他冲她摆出一幅哭笑不得的笑脸，"现在你是我老婆，唯一的。"他加重语气。

阿柯哼了声，满意了。

电话已经不响了，每次都这样，短促地响几声就断了，像不耐烦，又像没信心。上次见前妻还是送李田上学，他开车。后座上李田像个男人，一言不发，冷漠地打量着车窗外。座位上堆满行李。前妻在副驾，一身寡淡，明明是盛夏未尽，她却浑身往外散发着寒气。

他不是没有感觉。只是事情已经没有回转余地，他没有丝毫力气改写。

他打过去。前妻简洁扼要，像打发钟点工，告诉他这周李田家长会，她去不了，希望他去。

"好。"他答。

"你如果为难就直说。"前妻冷冷的。

"没有，没有，我有时间，能去。"他急忙说。

"去哪里？"阿柯从卫生间传出话，模模糊糊，大概在往脸上涂那些高档东西。

"没事，李田学校要开家长会。"他捂住电话，扬声答。

"哦——"阿柯不说话了。

前妻那里出人意料地还没挂掉电话，他小心翼翼地问："你还好吧？爸妈身体怎么样？"

"是我爸妈。"前妻回答得很生硬，猛然挂断。

他对着手机苦笑。早知今日，怎会当初。当初日日争吵，家无宁日，以为缘分尽了，谁料到真如愿分手，却如此多的纠结。

"李徽，你发什么愣，我和你说话呢。"阿柯从背后拍他一把，"我要到公司，中午要请几个头头吃饭，就不回来了。"似乎觉得不大好，加了一句，"你一起去吗？"

他听得很别扭，摇头说不去，一会儿还要赶写篇报告。

"哦，那我就不管你了。"阿柯照照镜子，推开他们那扇豪华防盗门。

他怔忡立在当地，当初与前妻离婚他是净身出户，现在这个家是阿柯前几年买下的，结婚时阿柯装修了下搬了进来，一点儿没让他费心。

他环顾屋内，觉得自己根本就是个外人。

诸神寂寞

老刘出事时，马芸正在"春秋月"打牌，一个电话打来，她的生活便翻了个儿。

老刘脑溢血，器官里的灯从左手指尖开始关闭，一盏又一盏，推倒多米诺骨牌似的逐个儿熄灭，直到身体内各个管道一片漆黑，再没有亮光。老刘全瘫了。

又耗了半年，专家说再没逆转可能，就办了出院。搬东西那天，同事来帮忙，一进病房就愣了，眼前的马芸头发半白，形容愁苦，一脸赘皮。

司机老马回公司后叹息，说，在医院那天白天没搬走，晚上才出院。上午老刘的老娘来了，七十多岁半瞎的老太太，硬独自找到医院，又哭又喊，拦着不让走，说回去就是等死。揪着马芸打，骂她毒妇，谋杀亲夫。啧啧，七十多岁啊，马芸啊。老马心里矛盾。

老刘回家第二周，两个弟弟搀着老娘上门，三堂会审，当着老刘面威逼着马芸交出房产证。

"大哥，你别多心，这房产证咱妈帮你保管，一旦嫂子要走，你也留一手。"二弟说。

"放你娘的屁。你走老娘也不走，这是我家，你给谁留一手，居心何在？"马芸跳了起来。

"我妈在这儿呢，尊重你才叫你嫂子，你做的好事谁不知道，说白了，留一手就是防你掏空家底一走了之，我哥怎么办。"

"胡扯，我做什么了，不要以为你哥躺下了，我就能任人欺负，你们一家老小早在算计这房子，不要以为我不知道。"马芸冷笑。

"你，你这泼妇。"老刘娘指着她，"当初我就劝我儿别娶你，打第一眼我就看出你骨子里不安分，一双桃花眼，害人精啊，要是好好的良家妇人，前边两个男人都会不要你？"

一句话惹翻天，马芸发了疯在屋里又踹又砸。

老太太气得直哆嗦，两兄弟怕节外生枝，瞥了瞥床上周身只两只眼睛能动的大哥，又是愧又是怒，护着老娘走了。

马芸发泄完，瞪着满屋狼藉喘息，刚刚心里那股恶气没出来，又缩回心底缝隙里，她喃喃自语："早晚，早晚……"没人知道她说的早晚什么意思，她自己大约也不清晰，后婆婆不喜欢她，她早知道，也没上心，这些风浪已将她打磨得满身硬痂，爱谁谁，无所谓。

早年，她也曾花儿似的娇美过。厂花儿马芸，谁不晓得。新年舞会上，数她的裙子飘得最烂漫，厂领导来车间亲民联欢，挨个儿和她跳一支舞。她可是马芸呐。舞星马芸后来调入厂办室当通讯员，桌子椅子犄角旮旯都抹得干干净净，本本分分做了一年，又调入工会，从工会干事到工会副主席，有一天有人对她说，去总公司发展吧。她说，好。那个人后来成了她第二任丈夫……

她以为早就忘掉的事，一年年闯进眼前，依在乱七八糟的桌子上，趴在扔在地上的沙发垫子上，碎在表彰个人先进的青花瓷瓶上。那幽蓝的瓶身上有老刘的烫金名字。这家，有个深深的忌讳：谁也不能提对方的过去。

她从没过问老刘何以一直独身，没兴趣，也是没力气。人越活心劲儿越小了，像逐年衰老的动物，过去像猛禽猛兽，张牙舞爪嚣张跋扈，现在不断缩小自己的地盘，只想安稳度日平安到死。

她有一个女儿，第二个丈夫的，前年结婚，远远将自己嫁到了塞北。女儿从没邀请她去看看，也没邀请过自己的父亲。她在想象中，猜测女儿在那片苦寒的冰雪天地，一定过得很快乐。女儿从小就不怕冷。她和她父亲打架时，无论外面多黑多冷，女儿都会冲出去待在外面，直到他们打累了，想起还有一个女儿。

时间再往前赶，回到第一个丈夫那里。那是个胆小执拗的男人，马芸一直觉得如果她在这世上有亏欠，那也只能是对他。那年他同意和她离婚，多少让她很意外。离婚后有天碰面，内疚让她拦住他，问为什么。那小个子男人说，一他不想阻挡她的好生活，二他不想继续戴绿帽子。随后若无其事径直离去，离去得爽爽利利毫无瓜葛。

去年他死后，她赶到火葬场哭了一回。她还是觉得欠他太多。

一地碎片，一地回忆。回忆黏在碎片上了，浓浊的，像一地胶水，将她紧紧黏住。

她回头望望老刘，老刘歪着软绵绵的身子，一双前不久还生机勃勃的眼睛泡在绝望里。

马芸一腔子气就泄了，打消从窗口飞出变成沉重夜空下一只自由小鸟的打算。

桥的寓言

　　我走那天，老包变成了一座实实在在的桥，无论从形式还是功能，都与普通连通河面的桥无异：在风吹雨淋中日日被来往的车流人群践踏。老包由肉身变成钢筋水泥桥的事实，破坏了课本上物质与物质间相互转换的逻辑，这种破坏，使我对人类进化的无限可能充满了诧异与想象。

　　老包和我初遇是在雨天。天阴着，雨下得呼呼砰砰，摔在窗户玻璃上，像打耳光。临时充当考场的会议室笼罩在暗淡的灯光下。老包歪过头冲我问："兄弟，田亩税是哪年哪朝的事？"我瞪他两秒，指指佩戴的监考证。老包乐了，连连举手致礼："误会，误会。"

　　要记住老包真不难，考场里属他活跃，左邻右舍都在为他传递消息。太嚣张了。当我要再次进行谴责时，被同事扯住，轻轻把我拉到外面。

　　"那个人我知道。这次考试主要是为了普及知识，不碍事的。"

　　"哦。"我应了声，仍是忿忿难平，"那人是哪儿的？"

　　"来，给你，今天的。"同事递来日报，指指一则标题：扎根边远，为国聚财。消息里报到，某县税务所距县城近100公里，长年累月，所长带领所全体人员负责3镇、5乡方圆10公里的500多户企业和个体工商户的地方税收征收工作，为国为民聚集着一分一厘财富。而这个税务所的全体干部职工只有党支部书记兼所长、副所长和派驻纪检监察员三个人。

　　我用报纸遥指老包："他？"

　　同事点头："所长老包。这次上面有意思让他动动。"

　　"五十几了吧？看年岁不小了。"

　　"三十六。"

　　"啊？"

　　"我们同年分配的。"

　　"哦。"

　　"老包人不错，又勤奋，只是脾气倔了点，当年毕业本来留局，结果出

了点儿事，下去了。这些年干得还不错。"

"出了什么事？"

同事摇摇头："我也不很清楚。但因为那事他瘸了一条腿。"

天继续阴着，雨点噼里啪啦响成一片，盛夏沉甸甸的空气中饱含着温暖又湿润的腥气。会议室光线暗淡，模模糊糊的老包忙忙碌碌。我心里陡然生出一丝怜悯。

没想到一个月后，我与老包再次相逢。我留意，老包左腿果然有些瘸。因为有上次的误会，老包对我很热情，这使我对即将开始的三个月蹲点生活充满信心。

果不其然，老包每天载着我，从一个乡镇到另一个乡镇，从一个村庄到另一个村庄，快快活活四处转悠。介绍起他的辖区，老包就成了话痨。

如果一个老农从种子起就开始摆弄他的蔬菜，像养孩子一样养大，并且亲自拿到市场贩卖，向各种脾气的顾客推销，那他介绍自己的产品时，肯定和老包一样，讲得纹理清晰头头是道。老包对这片区域确实是下了功夫的，甚至可以感觉到老包是将自己"渗透"了进去。这种"渗透"不仅仅因为职务职责，而是一个人对一件事过度关注关心所致。

某天，我问老包，什么时候给他贺喜？

贺什么喜？

任命啊，不是说要提你了嘛。

谁说的？我咋不知道？老包吃惊地问。不可能，像我这样有前科的，这些年对我已经不错了。随后老包给我讲了段历史，第一次提起他的瘸腿。

当年他在一个集贸税务所实习，得知辖区内一水果商要撤摊，有逃税可能，老包就扣押了水果。后来水果商缴了税款，但在返还时发现部分水果冻坏，水果商大怒，打了老包，腿就是那次打坏的。

"可恨，水果坏了可以申请赔偿，不至于打人啊。"我气愤不已，"不对啊，老包，按说你也是受害者，怎么你说是前科？"

老包搔搔头，嘿嘿一笑："我违法在先，不该未经批准私自执行扣押。"

"唉，你说你——"

自那天谈话后，老包本来不胖的体形开始往扁里走。老包的变化是日渐式的，发现他萎靡不振时，我的蹲点已近尾声。

"喂，老包你怎么了？是不是病了？"我吃惊地问。

老包无精打采："兄弟，跟哥说句实话，真要让我走？"

"我也是听说。"

"你和上面说说，这么多年，闲散惯了，过不惯机关生活了。老了……"

"我说，老包，你没毛病吧，是提你，又不是要送你进监狱，怎么这状态啊？"我哭笑不得。我认定老包是有了心理障碍，普天之下多少范进中举的例子啊。不理他。

我走那天，又是下雨，老天爷捧着支离破碎的泪点儿。老包没来送我。我一笑，背起行李继续赶路。但在长途车近市区时，一个电话从老包所里打来，我才知道是真的错看了老包。他变成了一座桥，我不知道他是怎么变的，反正他真变了。打电话的人指着滚滚河水发誓：这违反常理，但这真的是老包。

我彻底糊涂了。

风筝与世界

四月十九日，李徽拿着画板去滏阳河写生，就再也没有回来。

女儿梅梅拿着他留给她的一幅画，终日以泪洗面。梅梅说，爸爸就藏在墨迹纵横的画里。她将画放在阳光下，以及柔软的月光中，深情呼唤。透过日复一日轻薄或者炽烈的光线，宣纸一步步在时间中倒退，从被打浆，一直还原成万亩丛林中的一棵树。而父亲从未出现。

许多年后，梅梅被岁月打磨成有些忧郁的健康女子。她关上失落了笑声的房门，带着那幅画，踏上了寻父之路。她始终相信父亲仍活在滏阳河畔的某个地方。

她沿着滏阳河畔溯游而上，且行且寻。无论是滔滔滚滚的白日，还是沉静寂寞的夜晚，她没有一日不在观摩那幅画。天长日久，在心里已经能够临摹，并且在那一刻觉得她就是父亲。画中也有一条大河，河心平静如一面镜子，映出两岸长柳和天上的云朵。梅梅从未见过那样的云，与真的云相比，既不神似，也不形似，更像是作画者某种痛苦万状的情绪。梅梅百思不得其解。

她来到一个叫柳林桥的村子，并且住了下来。不仅因为这一处河面与父亲的画卷惊人相似，另外一个原因，是她爱上一个爱她的年轻人。

年轻人从上一个停驻地就跟随着她，不远也不近，保持着那个著名的情僧诗里的距离。年轻人跟随着她，默默爱着她，凝视着她，关注着她，他知道她为丢失的一样东西坐卧不安，却不知她在寻找什么。他因为她的神秘而越发地爱她。有一天，梅梅在岸边停下，眼睛斜睨他，年轻人受到鼓励，第一次走到很近的距离，害羞地问：你愿意嫁给我吗？

梅梅嫁给了年轻人。幸福的年轻人在柳林桥村子里买下一块地，盖了很大一座别墅，作他们的婚房。结婚那天，年轻人的亲戚朋友从四面八方赶来，像无数道湍急的小河，最后汇聚在柳林桥这块洼地。柳林桥这条有着一条河的村子，因为这场婚礼，热闹了整整七七四十九天。

温柔的新郎拥着他的新娘，像含在心里的一粒珍宝，她尚未表达出来的丝微不快都惹得他心痛不已。新郎吻着新娘，问，你还想要什么？天上的月亮我也会为你摘下来。亲爱的，如果你不喜欢这个地方，我们去欧洲好不好？我从一块羊皮纸上看到，世界之外还有世界，另外世界里的那些人与我们长相大不相同。物什见所未见，闻所未闻，有坐下眨眼就到达天堂的摩天轮，有建在陆地上的海洋，池子里游着稀奇古怪的鱼。我知道其中一个世界叫欧洲。那里有一条街道，比我们村子还大，树上长着金色的树叶。

新郎畅想在他的羊皮世界里，没有听到新娘轻轻低语：我对世界没有兴趣，我只想见到我的父亲。

父亲？新郎依稀听到这个词。我从没见过我的父亲，也没见过我的母亲，人们发现我时我正躺在庙宇廊下的褓裸里。族长收养了我。

新娘心疼地握住他的手。你比我可怜。

可怜？新郎笑了，笑声穿过夜空，惊动了滢阳河上的垂垂柳丝。我从没有想过这些啊。他纳闷地望向新娘：我每天只想如何赚钱，如何赚到更多的钱，开工厂，开更多的工厂，哪里有空想可怜不可怜？再说，谁是我的父母又有什么关系呢？我就是我自己啊。小傻瓜。新郎吻了吻新娘的耳垂，望望窗外乌沉沉的夜空，打了个哈欠：天晚了，我们睡觉吧。

新娘唇边保持着彬彬有礼的微笑，心上开出一朵寒冬结出的冰花。她摸摸衣袖里父亲的画，终于没有再拿出来。开初，她还想在这个让人沉醉的傍晚，和他谈谈父亲，谈谈父亲神秘的画。

新郎结完婚后，就开始忙碌，他不停奔走于一个又一个城市。有时回来，偶尔也会再谈起欧洲，更多时候什么也顾不上说，他太累了，刚一坐下就睡着了。

梅梅在第十一个月，产下一个女婴。那一夜，柳林桥狂风暴雨，因为道路阻隔，女婴不是出生在医院而是家里。陪伴她的邻居打着哆嗦从外面回来，说滢阳河里的水涨过了桥面。

那一夜，梅梅在剧烈的疼痛后，恍恍惚惚迷糊过去，她做了一个昏暗不明的梦。梦见一个男人坐在床边，湿漉漉的发际散发着浓重的油彩味，那男人默不作声，犹如很多年前的每一天，坐在院子里的小板凳上，隔着一块画板，忧郁而关切地望着她。

爸爸！梅梅失声喊道。

暴风雨打开冥界，滢阳河咆哮着，发了疯地肆虐。爸爸像一条安静的大鱼，镇守在屋子里，编织出一道强大而光芒四射的结界。床上一直发抖虚弱的梅梅，望着父亲，温暖起来，不再感到寒冷。

梅梅对日日想念的父亲微笑：爸爸，你有了一个外孙。

倏尔，她皱起眉，抱怨道：爸爸，为什么这么久你才回来？你知道我们吃了多少苦？她嘟嘟嚷嚷地数落，像母亲当年一样。

父亲静静听着，一声不吭。雨声渐小时，天要亮了，父亲看看窗外，冲梅梅点点头，起身离去。

爸爸，别走。

梅梅焦急地呼唤。

父亲提起画板，在门口顿了顿，还是拉开了房门。

爸爸，别走……

一声女婴的啼哭，哇——，喊冤似的，惊醒了梅梅。梅梅睁开困倦的眼睛，第一眼看到的不是身旁粉色的小生命，而是自己，她看到镜子里一张布满苍老皱纹的脸。

惊恐中她把手伸向枕底，如她所预感的：画不见了。

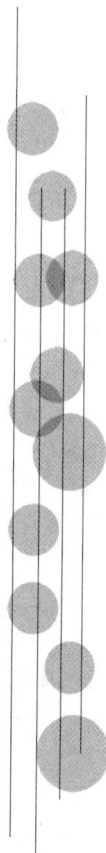

大海图

李徽在梦里做了一个梦。他梦到国王巡行天下时，走到某个海滨城市，驻扎下来，晚上，趁着无边月色，独自悄悄离开了营地。从那天起，国王的卫队再也没有见到国王。李徽将自己的想象无限放大，想象国王隐遁时所走过的路线，和那片神秘的海域。

几个月前，他在已故父亲的旧书桌里发现一张海图，图纸已经发黄，铅笔标注的线条若隐若现似连非连，手写的文字亦不太清晰了。似乎图纸的使用者是个性格粗糙的人，不只将图纸当做坐标，而且也当成了笔记本。

李徽的父亲在镇上做了一辈子谨小慎微的公务员，平生从未踏出家门，也没听说过有当海员的亲属。关于这张海图，李徽第一次见到，他猜测，也许是父亲某天逛旧书市时，在某个不甚热闹的摊位发现的，并且一时心血来潮买下，而过后又遗忘在书桌里。

这张书桌，包括这所老宅，都是父亲留给李徽的遗产。两个月来，李徽将自己关在屋子里，废寝忘食地研究这张地图。妻子打过无数电话，发来无数短信，问他什么时候回去，他推说没有处理清父亲后事，还要等一等。女儿梅梅说，她想他了。李徽立刻心疼不已，差点儿应允马上回家。后来手机没电，老宅与外界断绝了联络，他才重新使自己平复。

乡间的夜晚人声静寂，街上空荡荡的，没有灯火，没有酒吧，没有通宵达旦的车水马龙，而在如注的月光下，另外一场喧嚣上场，那是大自然从史前便保留下来的节目。最初李徽很不习惯，像突然被人蒙蔽了双眼和双耳。几天后，家乡泥腥气唤起他儿时回忆，他在院子梧桐树下摆上了茶几。在月光和梧桐树叶日日银铃样的叮当声中，画家李徽渐渐占据这具躯体。他开始长久地目醉神迷于天空儿童肌肤般的蓝，和屋角熏衣草让人心疼的紫。

第三个月时，李徽在父亲早年一本日记里，发现记载这张图纸的蛛丝马迹。里面提到"马狗狗"这个名字。父亲写到：

"今天马狗狗从家里偷出一支新铅笔，2B，中华牌的，我们终于有了一支真正的绘图铅笔。这支笔得来很不容易，我们一定要像爱护自己的眼睛一样珍惜。小刀削下来的木屑我们舍不得扔，用红布包了个小包，埋在院子的梧桐树下，为了怕忘记，上面压了一块瓦，瓦上刻着我和马狗狗的生辰八字……"

李徽匆忙找来铁锹，围绕梧桐树进行挖掘。第四天，距家里那口老井七步远处，挖到一块瓦，瓦上果然有字，只是模糊不清了，瓦下却一无所获。是不断生长的树根将它移动到远离梧桐树的地方。

马狗狗是谁？

李徽翻遍日记，关于马狗狗的记录极为有限。从只言片语中大略得知，马狗狗似乎是从天而降，某一天突然到此。他从不让父亲找他，每次都是他主动来找父亲，有时翻墙而来，有时在河边，有时在父亲午睡的突然惊醒中。那张海图就是马狗狗带来的，并且一直是两人研究的核心。而马狗狗又是从哪里带来的海图，父亲日记里没有记载。李徽通过比较发现，那张图纸是标准的海军军事海图，绘制年代大致在建国前日伪时期。

马狗狗究竟是什么人？

父亲日记的最后一页字迹模糊，像是被雨淋过，上面只写着一行话：马狗狗走了——整页像小孩子发脾气似的，混乱地画着无数道横线。

马狗狗去了哪里？

从父亲的日记中，李徽感觉得出，父亲很崇拜马狗狗。在寥寥无几的描述中，马狗狗的出现总伴随着出其不意的奇迹。比如一场卷着旋儿的怪风，头顶掉落的鸟窝，闪烁的磷光……在种种怪诞的说法中，画家李徽见到，年幼好奇的父亲，和神秘的鬼怪一样的马狗狗。

马狗狗的年龄让人无法捉摸，好像与父亲同龄，可从见识上又似乎大很多。父亲提到，图纸上的字迹是马狗狗的。他们似乎争论过什么问题，而对这个问题日记里语焉不详。

李徽从没听父亲说起过这段奇特的经历，和曾经那么重要的朋友马狗狗。他直觉"马狗狗"这个名字是假名，不管马狗狗是什么人，真实的情况是，他确实曾经点亮过父亲的童年。他一次又一次审视那张海图，希望从那些圈圈点点中穿越进去，探明真相。

天际寥落，星垂四野，在李徽的思想中，老宅子像一座方舟，承载着许多秘密，凸浮于四季尘世之外。他又开始画画了。第一幅，他画了一张从未见过的人的脸。

马狗狗似乎有着某种神力，在陪伴父亲走过童年后，又重新回到人间，深入他的身侧，使他从所有外在的身份中挣离出来：丧父之悲，专横跋扈的上司，不断责怪和絮叨的妻……在摆脱一切悲与喜的外物影响下，那个有些癫狂的画家李徽健壮地活了过来。

一日，外面传来敲门声。老宅很久没有人来打扰，李徽惊觉地望去，脱口而出：马狗狗——

天使之吻

李徽离家前，有过许多动作，包括把书架上大半图书以及心爱的鱼缸都送了人。他犹如一心冲向黑夜的鸟，动力十足而毫无眷顾，他走那天，选择在女儿梅梅上学之后。

妻子石茵一直冷眼旁观，故作不知。当李徽拎着画板和背包，笨拙地撒谎，说他要出去写生时，她正在厨房擦地板，闻言身子僵了片刻，随后默不作声点点头。直至防盗门响过一阵，她才扑向窗口，看到李徽正走出小区，暮色光影一闪，就不见了。很多年后，石茵仍在无数个白日梦里犹疑，当年是不是应该拦住李徽。

石茵与李徽解除物理捆绑前，正被一件事纠缠不休。

她在一个毫无预警的秋日，突然接到父亲的一封书信和包裹。信封是简单的古典版式，除非是书画店有卖，现在市面上已经很少见到了。封面上用毛笔字写道：吾儿茵茵亲启。

她读罢信，紧紧搂住那个包裹，仿佛那里面有一盆温暖的火炉。

她瞒过母亲，一直偷藏着父亲一张照片。照片里的父亲年轻得像她的哥哥，身后是波涛澎湃的大海，身上是一览无遗的青春灿烂，神色间是睥睨一切的自负，他们那一代人，肩负着使命正要去指点江山。

关于父亲，石茵只知道他在和母亲有了她之后，遇见另外一个女人，随后便抛妻别子放下一切不见了。父亲的离开令母亲大受打击，禁止石茵会见来自父亲家族的一切成员。而石茵还是从零星的联络中得知，父亲娶了新妇后，在另外那个地方，日子过得并不好。也许，父亲的霉气与每月初一、十五母亲在神台前打小人有关。

她并没有像母亲那样，为这么多年父亲的缺位而怨恨，相反，她常常为父亲感到可惜，在当年高级知识分子稀缺的时代，父亲完全可以不费吹灰之力，带着他的第一个家，或者第二个家走入另外一种生活。无论哪个家，他都不应该是现在这种状况。今天，她的父亲石河生在销声匿迹四十年后，就

这样以一种飞鸟的姿态突然撞进她的怀里。他将自己最后的遗存托人带给他的女儿，希望埋进老家的祖坟里。

石茵想和李徽谈谈。谈谈父亲，谈谈父亲去后，她从未向外人道过，却如影相随留在心上的疼痛。她不恨，她只是疼。心里的某个地方被剜过一刀，而从没有结疤长好，伤口始终裸露在那里，触目惊心，疼痛如初。她唯一担心的是，现在和李徽谈这些，是不是有些不合时宜？

李徽从老家为他的父亲办完丧事回来后，便有些不太对。他常常突然怔住，打断别人说话，侧耳倾听，似乎在期待什么东西的出现。那东西发出的声音从某个地方传来，穿过无数斜风细雨的阻挡，急急切切又是寻寻觅觅，像一团细索，也在搜寻着她的丈夫李徽。

石茵在父亲走后，在长久的独处和寂静中养成一种能力，她能够将一些无形的非物质，幻见成实体，使那些存在从隐处走向显处。现在，她感觉出李徽的不安。起初她觉得是李徽放不下亡父，后来她从李徽的脸上，看到她的父亲。那张亡灵的面容在李徽脸上死而复生。石茵惊恐不已。也就是那天起，她知道，早晚有一天李徽会离开这个家。

她开始去教堂做弥撒。为心在别处的李徽祷告，也为无法安置的父亲。她没有办法完成父亲的遗愿。自从父亲消失后，母亲抑郁几年也殁了，她便离开原来的地方，已经很多年没有回去，并且见过家乡的任何人了，她甚至不太记得籍贯在哪一座村镇，父亲和母亲两方还有什么亲人，祖父母还在不在堂，有没有叔叔伯伯之类的亲属。这些年，她没有和家乡任何人有过联系。她试图向带信的人打听，而对方一无所知。

她这一支，从祖宗的家谱根系上被硬生生掰了下来。午夜的梦中，她是一个没有"家"的人。对此，她无能为力。

四月十九日，李徽借口写生从此消失不见了，而父亲永远回到家中。

与爱丽丝共舞

许多年了，每年我过生日爱丽丝总会记得，或者发来短信，或者送来一个生日蛋糕，这份美好的惦记从未中断，而今年我却没有收到礼物。礼物事小，朋友情大，我想不透出了什么问题，这件事横亘在心里，让人难受，于是便在不忙的下午去找爱丽丝。

爱丽丝见我来，很是意外，迎过来，忙着找杯子泡茶。我注视着她。爱丽丝还是一副亲亲热热心无城府的模样，从她身上看不出发生了任何变化。我稍稍心安，坐下和她聊了起来。

我以为爱丽丝还像以前那样，坐向旁边沙发。但她倒茶之后便走向她的位子，我们说话隔着一张办公桌，不由间感觉距离很远，无声地提醒我是一名访客。看来还是有什么事情在我俩之间发生。而这种感觉是细微的，却不好明说。

女人间的话题是不衰竭的，我们讨论各自的工作、同事、孩子以及家教，喝了六杯茶，却怎么也不能遂我心意转到"问题"上。爱丽丝像个狡猾的小狐狸，刚刚要点下去，她就牵扯到别的话题，而我在这方面心智平平，和往日一样任由着随波逐流。

不知觉下班时间到了，我想约爱丽丝一起吃饭，她的电话响了。是办公电话。爱丽丝瞥了一眼，便慌张拿起，将听筒捂在手里，瞅瞅我，低声说："我这里有人，一会儿再和你联系。"我将脸扭向别处，认真看墙上的工作制度。

"第一条……"我在心里默念。

爱丽丝接着电话，嗯嗯啊啊，吞吞吐吐。我感到万分失望。爱丽丝的防备心伤到了我。

挨到她放下电话，我急忙站起来告辞。爱丽丝表现得很惊讶，她说她以为晚上能一起吃饭。

不了，改日，改日，等不忙的时候我们再聊。

我不忙啊，哦，刚才是同事要聚，我推了。

最终我还是走了。爱丽丝殷勤的挽留中分别另有什么东西让她放不下。她挽留得并不坚决。

先前若有若无的罅隙立体而透明，坚硬地隔在我和爱丽丝之间。自始至终爱丽丝与我都没有说一句真正贴心贴意的知心话，那种属于闺蜜的秘密与私语。有些事莫名其妙地不在了。我能感觉得到。

走出办公楼，我才想起手包忘在爱丽丝的办公室。折回去，推门而入，眼前一幕让我大吃一惊：爱丽丝与一个男人正在拥吻。听到声音他们一起望向门口。

我慌忙关上门，仓皇而逃。路上，猛然想到，不久前曾见过那个男人送爱丽丝，便开玩笑，问爱丽丝是不是她的蓝颜知己，爱丽丝又羞又恼，拍了她一下，说是同事，顺路送她而已。

唉，爱丽丝。原来如此。

第三天，爱丽丝还我手包，我请她到"轻舞飞扬"。

"轻舞飞扬"是一家西餐厅，位置守着河边，外观不显山不露水，而停车场里却静悄悄车来车往。

爱丽丝来时，夜幕刚刚垂临，餐厅灯光幽微，闪烁着绵绵的慵懒与暧昧。我喜欢这里的情调，与外面远远相隔，似梦似真，是抽离于具体的另外一种层次。

我向爱丽丝介绍：这是平。

我向对面的平介绍：这是我最好的朋友——爱丽丝。

平绅士地伸出手。

爱丽丝从震惊中缓过来，若有所悟，一副心知肚明的表情，她放下身段，爽气地握手：见到你很高兴！

从那天后，爱丽丝与我重新恢复了友谊，我们谁也没提平是谁，或者屋里那个男人是谁。

西蒙娜·德·波伏娃说，女人与女人的友谊被一种内在的牵连束缚在一起，她们在彼此间首先要寻找的是对她们所拥的有共同之处的肯定。她们比较种种经历。她们的工作不是技术性的，在传递菜谱以及类似的东西时，她们赋予这种源自口头传统的神秘科学以神圣尊严。

我与爱丽丝，因为相同的经历，终于结成共同体。而这种关系，今生再没有什么能够将它打破。

遍地桃花

（一）

大和尚望过来，身后是森严宝像，他指着刚刚在纸上划下的字，说，这是你的——劫。

八月，寺里居然盛开着桃花，粉红色的花雨在大和尚的拆解声中纷纷飞落。

她转脸望去，痴了。

干涩了大半生的眼睛开始湿润，眼泪涌了下来。

大和尚高诵法号：阿弥陀佛——

她追问，还会好吗？九月，十月，十一月，还是来年？

大和尚悲悯地指指神像：问佛。

山高路远，佛在哪里？

你的心里。

大和尚伸出双臂，摊开手，掌心向上，平平地托起整个宇宙：

大道即是正道，宝马不该跑在荆棘路。

他又指向那个字：劫。

渡过就一生平安，你命相里独木支厦，还有一番作为。

哦？

她没听懂，眼里只有一片落花。

佛殿空寂，青烟缭绕，大和尚双手合十，沉默不语。

她拜谢，走出门去看那桃树，忽然一阵急雨闯过来，裹着微微的温暖和湿气，打向她的眼睛，她躲避了下。

再睁眼，眼前桃花，山寺，都不见了。

一片纸落在脚下，上面是烟灰写成的暗字：劫。

（二）

忽然她就醒了，张若虚的诗集跌落在地上，其中一页纸叠住了，她捡起书，折住的是那首《春江花月夜》，一道铅笔线画着这样几句："昨夜闲潭梦落花，可怜春半不还家。江水流春去欲尽，江潭落月复西斜。"

这时候，她看到婷走入门内。

婷说，外面下雨了，秋季的第一场雨，还沾着夏天花朵的香味。婷坐在她身边的椅子上，之后说了许多晦暗不明的话。

雨点儿撒下的声音从屋外传来，散在廊前的芭蕉叶上，宛如兵丁衔枚急行，安静中的紧张。这让她想起刚刚梦中那场华丽的花落。

婷絮絮叨叨说个没完，让她有些厌倦。

何必呢？命里有时终须有，命里无时莫强求，要走的就走，要留的会留。

可是，姑姑，那么谁来为爱情负责？婷辩解。

人世间的欢爱没有谁为谁真正地负责。

姑姑，不能这样讲，客客气气无异于任人欺负。

举头三尺有神明，人做事天在看，兵戎相见不如放下自在。

姑姑——

（三）

有一刻，她还是盼着电话响起。

夜 枭

关于那只鸟，当地有很多种传说。有人说是夜航的飞机凑巧路过，有人说是猫头鹰，有人说是乌鸦，有人说是整日游荡在村子里哭泣的李三娘。传言在人们的茶余饭后越传越玄，以至他几次按捺不住地想要站出来澄清。

事情已经过去的第六天，来了一个年轻的女子。她找到他，说是郑立生的老乡。

无论女子如何假装，他还是一眼认出，郑立生死亡那天带要灾祸鸟的人就是她。他悄悄往派出所打了个电话。

此时，正值傍晚，残霞如血，在天上扯出一道道伤口。

女人没有翻动郑立生的遗物。那几件衣物和装被子的纸箱摆在屋子里一目了然，公安已经检查了无数遍。

昨日，派出所有人透露消息，说初步判断郑立生心脏猝死不排除和吸毒有关。如果没有线索，他作为房东就要大受牵连。

他觉得很倒霉，大为后悔不该在几个月前的黄梅天，答应郑立生留租。

那天他和妻因为一件琐事吵过架，妻子一气之下带着孩子和尿布回了娘家。刚刚建成的新宅子里只剩下他，和一屋子雨天存下的湿气。窗外打着雨，窗台上的绿萝蔫蔫的没有精神。

他本打算走两道街去父母家吃午饭，可想想盖房的钱大部分是从父母那里借来，他便沮丧地放弃了出门。郑立生就是在此时敲开了他的门。

作为新宅子急需还债情景下的第一个租户，郑立生的到来令他喜不自胜。不过他还是保持了自认为得体的精明和冷静，他问郑立生做何营生。

营生？郑立生显然被这个半文半白的仿古词弄迷糊了，想了半天才回味到是问他的工作。

呵，给朋友帮帮忙，就是穿针引线，介绍客户什么的，从中提成。

哦。他觉得自己明白了。你是一个倒爷。

倒爷。这个改革初期的词再次令郑立生困惑。对，倒爷，可以这么理解，

哈哈哈。

随后在羞涩中，谈起租期、租金以及租住期间的注意事项。这些是年轻房东从父母那里学来的。

郑立生爽快地预交了半年的租金。一个长住。他暗暗窃喜。心里盘算，另外四间照这样标准，十年后建房款便能回本。

人算不如天算，郑立生死后其他租户当天便搬走。他再次盘算，这件事要过多久人们才会淡忘，在重新有人来住前要损失多少租金。

郑立生当天被拉走，他从房前沿途撒下两道石灰粉，为尸体要经过的邻居门口去去晦气。这笔钱也要算在郑立生头上。

他看牢进了屋便呆坐在床头的女子，决定在公安带走她之前，索回无辜付出的人民币。想想那些钱，他就心疼不已。

女子仍然安静地一动不动。

咳，他提醒，姑娘，你是他什么人？

老乡，女子猛然警醒屋里居然还有一人。

不只吧，他冷笑一声，我看到你那晚来找他。

别胡说，你肯定是看错了。女子闻言面露惊慌。

起先他还没十分把握，使的是诈术，如今他可以完全肯定。

你知道我没胡说，我不关心你们做什么勾当，也不想趁机勒索，只想收回之前欠我的房租和处理后事用的钱，这个要求，不过分吧。

女子起身要走，听完有些迟疑地停步：好像不过分。

女子重新坐下。大哥，我们不是你想象的那样。我真的是他老乡，那晚确实我是来看他，不过我没想到他会……

女子悄悄擦了把眼泪。他欠下的钱，我还，只是不要告诉别人我来过。女子从身边的包里掏出钱，一五一十数给他。那个包挂着名贵的标签，但他还是从敞开的缝隙里，看出这是只假名牌。

阿生有没有其他东西存在你那里？你是他房东。女子哀恳地望向他。红唇咬得了无血色。

他摇摇头。

那他有没有提过什么人？或者有什么人来找他？

他再次摇头。平时我很少见到郑，他总是出门，回来就关在房里，你是我第一个见到来找他的人。

女子轻声饮泣。大哥，我和你说实话吧，我是阿生的老婆，两年前我从乡里出来，前几天他才找到我。

　　你，离家出走？他对你不好？他脱口而问，心里狐疑该不该打听这么多，这似乎不是房东应该知道的情况。

　　主要是因为穷。我打工，起先没别的想法，后来遇上一个人……

　　女子低语。

　　哦。他不知道自己明白了什么，心里一团糊涂，但心里某个地方警告他禁止继续提问。

　　我只好躲着阿生，不让他找到我，不过我每月定时给家里汇款的，没有亏心，真的，大哥你得相信我，前些天他终于找到我，我偷出点儿货给他，也是希望他挣个小钱，谁知道……女子祈求地渴望着他，像小妹妹那样袒露心怀，希望他说句公道话。

　　哦，理解。他不由自主地回应，感应到那种信任，某种私密的氤氲情绪不知不觉中在小屋里流传。

　　咳，妹子……他从椅子上走向前，尚不容他表白，院门从外面打开，闯进来几个警察：

　　刚才是谁报案？

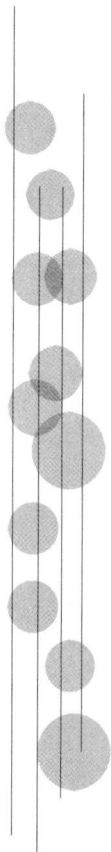

怀念小哥

小哥在成功解散两组家庭，抛下数个离婚或者未婚女子后，终于离开这座城市。我把消息告诉前嫂子明明，她在电话那端咬牙切齿："但愿他有多远死多远！"

小哥是我们家族的败类，女人的噩梦，他似乎是为拾捡天下爱情而生。听母亲讲，从他上小学第一天起，就有女同学为他争风吃醋，吵吵闹闹绯闻不断，即使他娶了我们学院的校花明明后也没有停止。

我记忆里，小哥做过最荒唐的事，是在高三时将一个女孩领进家门。

母亲大惊失色，慌慌张张不知所措，要进房赶床上的女孩走，几度撩开门帘又退回客厅，不断顿着脚叹息。父亲不顾他检察院长的体面，追得小哥满街跑。四十四岁的父亲气喘吁吁，一边追一边大骂："狗杂种，狗杂种。"

母亲垂泪，怨艾："我做了什么孽，老天爷这么罚我？"

后来那女孩父母告了小哥，小哥被劳教一年。

我们这个家族在当地盘根错节，叔叔伯伯姨夫姑夫们，大小都是场面人，进进出出是有些脸面的，而小哥令我们整个家族名声扫地。

父母都不大理小哥，看着他就当隐形人，这件事打击太大，他们太累了。家里只有我与小哥亲近。我觉得小哥人不坏，不像堂兄堂弟或者父亲同事们的孩子那样横行霸道，随便欺负人，他对女生只是太温柔，不会拒绝而已。那些女生要喜欢他，他有什么错。

母亲惊恐地敲打我的脑袋，好像要把里面什么坏东西磕出来："阿弟不敢这么想，阿弟不敢这么想。"母亲克制不住，号啕大哭，"已经有了一个不争气的，你现在是唯一的希望，千万别学你哥，要学好、学好，记住没有？"我还小，对那个"好"似懂非懂，不过看到母亲扭曲变形的脸感到很害怕，就点头，点头，拼命点头。

小哥回来后不再上学，整日躲在自己房间，出门也不和家里说。偶尔我们正在客厅吃饭，他从外面回来，大家怔一怔，我碍于父母，怯怯地唤一声

"哥"，他也不答腔，转身闪进屋。

我生日那天，母亲买来生日蛋糕，我悄悄切下一块给小哥送去。小哥戴着耳麦，捧着一本书，坐在椅子上。见我来，把书合上放下，我瞥了眼书皮，是《战争与和平》，我知道作者是一个姓托的外国人，曾经在父亲的书柜里见过，太厚，我没有兴趣。

小哥津津有味地吃着蛋糕，吃着吃着就顺腮掉下两滴泪。我给他擦掉，又流，我慌忙拽出自己的衣袖。"哥，你别伤心了。"

"没事。"小哥汲了下鼻子，秀玉般的鼻子红红的，我一直很羡慕小哥的鼻子。小哥是美男子，五官端正文雅可亲，但最好看的是他的鼻子，高鼻梁，挺拔俊逸，早年一个老姑说，小哥的鼻翼占尽天下风水。长大后知道，有些男人有女人缘是有一双桃花眼，而小哥有女人缘，我觉得他是因为长了一个好鼻子。

那件事我总觉得小哥是冤枉的。小哥身边是经常围着许多女孩子，从小到大都不断，但他从没对哪一个有什么特别，来来往往的女孩子们一个个都很漂亮，但我感觉在小哥的眼里都一样，此是彼，彼也是此，甲乙丙丁没有什么分别，他对谁都一样好。

小哥被劳教前，反复说过一句话："我没动过谁。"可是父母不信，老师不信，警察更不信。警察对那女孩体检过后，证实了女孩父亲的话：那女孩刚刚做了堕胎，时间不超过24小时。

大伯报着一丝希望，探望小哥时，问他，那孩子是不是他做的。多少年后，我都在暗暗觉得好笑，我偷听大伯在与父亲密谈时用到"做"这个字，孩子是做的吗？后来我明白了，孩子确实是做出来的，而"做"这个字，在那个年代隐含着极大的晦暗、歹毒与侮辱，与淫荡同义，是天底下对人格道德最重的刑罚。

"那逆子怎么说？"父亲喘着粗气，紧张地问。

"有一点儿希望就救救他吧。"母亲饮泣。

大伯摇摇头："小海什么也不说，他只说他没动过谁，却不告诉我那孩子是谁做的。"

小哥回来后，多少次，我想问，一直没敢，可现在眼看小哥到如此落魄天地，我忍不住了："哥，我知道你是替人背了黑锅，反正事情已经过去了，你告诉我，那孩子是谁的。"

小哥愣住了。

"当我是兄弟就告诉我，你不方便，我为你报仇！"我恨声道。

小哥的眼眶又红了，他不语，拍拍我的肩："你不懂，别为谁报仇，好好活，为咱爹妈争口气。"

小哥吃完我的生日蛋糕，就走了，一走就是七年。七年好像只是七天，又似乎是七个小时，七分钟，七秒。他回来犹如刚逛了下街或者去了趟卫生间，在他与父母之间似乎都没有什么震动。父亲一声不吭，母亲站起，又坐下，冲他点点头。

小哥正正经经过起他的日子，不知哪里来的资金，开起了公司，两年后，他娶了嫂子明明。说来我是红娘，那天下雨，很大，夏季以来最壮观的一场雨，小哥开车到学院接我，上车时，车后座是落汤鸡的我，前座坐着一身干燥的明明，是小哥为她撑伞挡住了雨。我第一次见到小哥为谁这么主动，透过雨幕，小哥眼里是挡也挡不住乍惊乍喜的光辉。

我以为小哥这一生终于尘埃落定，像童话故事里那样：王子受尽磨难，终于娶到美丽的公主，从此他们开始幸福的生活。

而事实是，世事难料。我不知小哥与嫂子明明之间起了什么过节，王子与公主的爱情以离婚告终。所有童话故事都不是这样的结局。

起风了，这个夜。在光怪陆离的梦池中，我梦到了小哥。

左拉之城

在六条河流与三座山脉的那边就是左拉，一座你只要看上一眼就会终生
难忘的城市。

——《看不见的城市》

我的同学沈明突然打来电话，约我周末带家人务必到山间别墅一叙。

毕业后我们各自被生活追赶得四处乱跑，沈明和其他人有很多年未见
了。隐约听人说，沈明运气不错，早几年股市疯涨时投资基金，狠赚之后抽
出资金另做实业，数年前便已身价过亿。还听说他已移居南方，没想到现在
又杀回老家。

要找到沈明的别墅并不难，夏天我曾去过，那里山山相连，山山相套，
道路却只有一条。妻在后座琢磨："听你讲，这个沈明上学时沉默寡言，人
却精明，我觉得他找你叙旧，肯定有什么企图。"

"喂，什么时候这么庸俗，怎么这样想人家？"我反驳。

"如果没其他目的，也是为了显摆，如果我趁几个亿，也会时不时找旧
日同窗聚会，有钱有闲享受生活。"

我无可奈何地白了一眼。几周前她通过威逼利诱，大三的儿子终于同意
考雅思，她是成功了，可马上又为儿子的出国费用发愁，所以最近出言总是
极为刻薄，念她孝母心肠，我不与她计较。

车轮滚滚，山间景色秀丽奇峻，不过看得久了也就心生乏味。两个小时
的车程居然还没有到沈明的别墅。

"再走就到山西境内了，这个沈明，大老远回来，莫非要在深山里当神
仙？"妻有些不耐烦，怂恿我打电话。

电话接通后，我把妻的抱怨复述给他，沈明与我哈哈大笑。他说其实已
经到了。

我没想到，整座山都是沈明的。见面后他告诉我们，他将购买山区的使

用权，正在和当地政府谈议项。

"你要这座山干吗？当度假村也太远了吧。"妻惊讶地喊。

"当初我也不知道用来干吗，也许是因为喜欢这里山明水静。"

"真是奢侈。"妻酸溜溜低语，这让我很没面子。

"我想在这里建一个理想国。"沈明引我们走上一块青石，"山南有一片村子，老区，我不想破坏它的原貌，想在那附近建一个生物制药厂，啊，老同学，你去过南街村吗？"

妻插口："没去过，但我看过李佩甫《羊的门》。"

"嗯，就是那种模式，以厂养村，以村养山，共产主义模式。"

"哦。"我应了声，"只要有资金，没有问题的，先祝贺你。"

"呵，不过我请你来可不是听这些，真是有事相求。"妻在这里用力瞟我一眼。

"我想请你这个大设计师帮我设计房子。"沈明递来一本书，是卡尔维诺的《看不见的城市》。

我大惑不解。这本书由张宓翻译，连续七次再版，与房子有什么相关？

妻子接过去，中文系毕业的她尽管工作后转行做了建筑，却对读书始终痴爱有加，猛然她大叫："我明白了，你要将这座山建成你的城。"

"错，不是城，是屋子，许多许多屋子。"沈明得遇知音似的兴奋起来。

"屋子与屋子不同，沈明你这是在玩钱。"妻继续叫。

"又错，钱多了就是数，人类最终目标是物质要为精神服务。"

我若有所悟，慢悠悠道："沈明，你没毛病吧。"

"当然没有，干不干。"

"有钱赚就好，干了你是疯子，不干我是疯子。"

沈明正等我这句话，一拳打来，"人生难得是轻狂，从第一眼看到这本书我就被迷住了，你信吗？这么多年，我为了保持这本书始终是崭新的，一共买过一百本。"沈明深吸了口大山的清新空气。"我要在这里实现梦想，让看不见的城市看得见。我勘察过了，建筑材料有些可以就地取材，建造得精巧些，到时送你一套。"

"哇，真的？"妻高叫起来。

我转过头，让山风清醒我的头脑。

"老同学，你有什么顾虑？"

"我觉得你还是再考虑考虑。毕竟这是一项大的投资。有关政策条文你熟悉吗？尽管我不是学法律的，但我知道山林的使用权并不是终身的。"

"其实，翻过几座山，已经有人这么做了，我的主意并不是独创。有时候，我们真的不能只为了钱而活，是不是？"

我默默不语。

临走沈明将那本《看不见的城市》送给我。"你一定能做出最合我意的设计。"

"为什么这么自信？因为我是你的同学？"

"不只。"沈明诡秘地凑耳，"因为上学时，你曾偷过我一本《看不见的城市》。"

"啊。"轮到我惊呼。

"哈，你以为我不知道，其实我早知道了，你每晚拉上遮帘悄悄读，你回忆下，大学四年，宿舍里是不是只有你拉过遮帘？"

我无言以对。"真是惭愧。当年我一直想承认，可看你一副土财主似的爱书如命，任谁不借，偷读打算还，结果掉进水里皱皮了，所以不敢声张。"

"同道中人，相信你，干吧，老同学。"

"那么，你打算将你的理想国起什么名字呢？好比一篇作品，总要有个总的名字，'看得见的城市'吗？"

"当然不，就叫'左拉之城'吧，我最喜欢的。"

"可是，那篇关于'城市与记忆'是不是太伤感？"

"是，回忆总让人伤感，自从我的妻儿父母飞机失事后，我除了回忆什么也没有了。"沈明叹息。

从后视镜里，我一眼一眼目送沈明被我们抛下。有理想总是好的，一个人独自活在世上太累太苦，理想是思想里的天堂。

一向凡事爱发表意见的妻安安静静，她坐在颠簸的山路上读那篇文字：

……但是，我要登程走访左拉却是徒劳的：为了让人更容易记住，左拉被迫永远静止不变，于是就萧条了，崩溃了，消失了。大地已经把她忘却了。

我们能成吗？她问。

工作日志

滏河水在河道中静静地流淌。两岸杂蔓丛生，数株垂柳弯倒在水里，阻挡了水流，四周积下一摊上游漂来的杂物，盘根错节竟在上面长出绿苔和水草，犹如一座座小小的绿岛，吸引下几只麻雀落足。吴瑜吾去年第一次实地探访时，被那一朵一朵油绿弄出几成诗情，坐回办公室时写下一篇千字文，被搞材料的老张看到，四处张贴，后来还在几份内刊上发了。今年再到此，斯景依旧，斯情不再。他紧皱眉头瞪着河面，片刻后扭头走了。

难怪他了无意绪，本月着实是多事之秋。头一件是李副调办了离岗，又新来一个副局长，离岗的不退办公室，新来的没法到任，事不大，却微妙；另外一件是司机老宁撞了人，伤者家属天天来闹，搞得机关上下不宁；第三件涉访，本来依往年惯例，这时候应该是淡季，可赶上下属企业改制，职工上访不断，毫无预警就把路堵了；第四件有点儿邪乎，周一上午，三个副局长办公室同时失窃，两个丢了手机，一个丢了手包，当晚财务室被撬，好在保险柜结实，把手拆了下来也没被打开，监控录像已移交公安部门。还有几件零七碎八的杂事，办公室主任吴瑜吾实在懒得罗列。

下午从政府开完会，路上小郑打来电话，告之受伤者家属又来了，正坐在办公室等他。吴瑜吾一阵心烦。问小郑单位还有什么事没？暂时没有，哦，老刘那个处明天要出差，想借钱。领导们签好字没？还没有。那就等签好字再说。还有没。没了。下午我还事，机灵点儿，有事打我电话。好。

吴瑜吾本想在河边散散心，他还记得第一次时的感动，让他想起老家弯弯流动的小溪，和满山谷的石头。浑圆的石头，饱经水流的浸润琢磨，宛如史前巨蛋。听说这几年夏天开始有城里的闲人驾游寻到那里，交不多的钱，居住在农家小院。他想象得出那些人何等逍遥，以为到了世外桃源。想一想他就心疼，心疼那里的山山水水，好像被外人占据了自己的家，而又无力驱逐。这日子过得真是邪恶，他刻苦奋斗走进城市，似乎最终是为了给别人腾出位置休闲。老抠门。老主任江大宇常这么挖苦他。

"江主任，在干吗呢？"他拨通江大宇手机。

"钓鱼呢。"江大宇的声音不甚清晰，话筒里呜呜哇哇似乎是很大的风声，"我在长江边上钓鱼呢。高冠敷带象牙笏，不及江边钓鱼翁。哈，老弟，我和你说，我终于实现梦想，当上了钓鱼翁。"

"你在哪儿?"吴瑜吾听不清，大喊。

"……钓鱼。我们驴友团今天到了沱沱河附近，明天寻找长江之源。"

吴瑜吾酸溜溜的："长江源头本来就在那里，还用得着寻么，好像亚历山大似的。"

"什么? 信号不好，你说什么?"江大宇在那端大呼小叫。

"我说，真羡慕你啊，无官一身轻，五湖四海任你游。"

"哦。哈哈哈。你小子是不是有什么烦恼了? 所以想找我撒撒火?"

"没有没有没有。好久没见老乡了，想你了，本来想晚上找你喝酒去。"

"哈，你来吧，坐飞机，我们明天还炖鱼汤，这里的鱼真鲜啊，嫩得入口即化，妙不可言。"

"你命好，看开了，说离岗马上办手续。我哪儿有你那好命。"

"再熬熬，小伙子，机关里要忍得住熬，熬住了，就像小米饭，熟了，那时候才叫香。还有一个字，可是我的独家真言，非亲莫传的。"江大宇卖关子。

"啥真言?"吴瑜吾脑子走私了，他想象江大宇和他那些驴友们如何闯进原住民的领地，如何肆无忌惮地走动，如何予求予舍将那里当成是自己的家，就像他此时的老家一样。

"哄。不是欺骗的哄，是真真诚诚的哄，能哄得大家一团和气，上上下下心平气和，那你才算入了行道。没见过哪个领导参谋不为领导分忧，专门挑起矛盾找事的。人人都是有自尊的，都喜欢听好话，所以人人都吃哄。要会哄，会哄你离当大任也就不远了……"江大宇半调侃半正经足足讲了半个多小时。吴瑜吾感觉自己被人狠狠拍了一下。

通话结束，他久久回味。远远一个交警拿着单子走来，看车里有人，摇摇手，示意他快走。吴瑜吾连忙打火。得空他上网百度了下，沱沱河在青海省西南边境唐古拉山脉各拉丹冬雪山。这老江，真会玩。他感慨。

吴瑜吾思量一阵，拨电话请示大领导晚上在"将军楼"安排一场，请在家局领导全部参加，欢送离岗的李副调。大领导说，李副调为人厚道，做事谨慎，辛苦这么多年终于解放了，要为他准备一份礼物，对了，再通知还没上任的薛副局长，新旧领导班子成员见个面。

好，好，我照办。吴瑜吾连连点头。五月清风浮浮荡荡，马路两边的绿枝叶处处透着激情。吴瑜吾吸口气，觉得这天气还真不错。

慢慢来，一切都会好的。

墨一迪的画

说来像段聊斋或是寓言，但我的同学墨一迪，确实在一个日光昭昭的白天隐入了画中。在这之前，墨一迪曾无数次向我提到过那幅画，但从未拿出示人。我一直以为那幅画不过是他的想象。

我是墨一迪的同学，事实上，自从前年他妻子带着他的孩子移居加拿大，我也成了他在这个城市唯一有联系的人。

刚刚领我进来的是个热心人，他站在墨一迪办公室门口大声喊："墨一迪，有人找。"

无人应答。阳光从宽大的落地窗照进来，整个办公室充斥在强光里，从外面进来的人看不清室内。他又喊了一声，依旧无声。

这位老兄连声抱歉："等等啊，等等，等我去找找他，早晨明明见他从我身边经过的。"随后，"墨一迪，墨一迪……"的呼喊声在整个楼道响起。

我深感不安，局促地走在墨一迪的办公室。来找他是临时起意，正巧办事路过他单位楼下。我们已经好几个月没有见过面了。

眼睛慢慢适应了光线。这是间很大的办公室。整整齐齐排放着无数个卡座，卡座将房间分隔成无数个空间，每个空间都有一桌一椅一人。只是人们都不说话，每个人的双眼都只紧紧盯着自己面前的电脑屏幕。方才我以为房间里没有人，没有想到居然这么多。

我越发地不安。"墨一迪"的呼声在屋外回荡。远得像旷野里刮过的风。

蓦然，我依稀听见一丝声音：

"嗨，听到了吗？有人居然在找那臭人。"

"嘻，听到了。居然有人找。"

"嗨，听到了吗？有人居然在找那臭人。"

"嘻，听到了。居然有人找。"

……

那些声音像尖尖的线，一根一根，前脚跟后脚，汇聚如潮，紧密相连，编织成一束让人透不过气来的网，勒得人脑仁疼。我无法听清声音发自哪里，似乎来自四面八方，而观察座位上的每个人，人人都像纹丝不动的机器，既不见有人走动，也无人交头接耳。

"嗨，听到了吗？有人居然在找那臭人。"

"嘻，听到了。居然有人找。"

……

那些声音停在一个频道，不断重播、回放。我像不小心一跤跌进一个噩梦里。四处的强光照耀着我，明明是白天，我却像落入阴冷的夜晚，浑身冒出冷汗。

我担着小心走近一人。向他打听墨一迪的位置，打算把带给他的那套茶具放下就走。这里的气氛给人的感觉极不舒服，让人想逃离。

那人遥遥一指，我在强烈的光线中摸索着找到墨一迪的座位，那里果然空着。

然后，我就在墨一迪的桌子上看到了那幅画。

那画作，左侧是辽阔静寂的大河，在五月阳光的照耀下闪着光。占据画面更多空间的是浅蓝色的群山，由一条嶙峋山道蜿蜒而上，重重叠叠，一直延伸到遥不可及的天际。在云雾之间隐显出一座宫殿，那檐角垂挂的铜铃微微斜倾，仿佛在轻风的抚动中飘然欲响。

我盯着那宫殿，喘不过气来。我肯定这就是墨一迪的画，我曾在他的讲述中不止一次梦到过它。再没有比这更荒唐的事了：眼前，云纱飘渺间，墨一迪站在两尺之外的白玉柱旁，手里捧着一卷古书，正在摇头晃脑地吟咏。

前几天，墨一迪打来电话，大概是喝醉了，他说他住在一个荒凉的星球，然后是乱七八糟让人听不懂的狂言。尽管我自己过得也不如意，但我觉得我有义务关心一下他。

没想到墨一迪居然有能耐藏在画里。

我心中狂喜，这是多少伟大的藏身之地啊，我也想拥有这样的法术。

"墨一迪！"我大叫。我抬步欲奔向他，突然发现自己无法行动，肉骨凡胎像巨石般沉重。

墨一迪惊讶地望向我，然后颔首微笑，挥了挥手中的书卷。

突然，耳边声如石裂，洪钟巨响，我被人狠狠揉出画外。

我的眼前仍是墨一迪的那幅画，但是它正在渐渐消失，像被人拎着衣领扯下来一般，先从顶底，然后慢慢到画轴中央，最后是那条泛着粼光的大河，

彻底不见了。余存桌上的，只是一张空空的宣纸。如果留意，或可会发觉那宣纸是有些年头，陈旧得发黄。

真耶，幻耶？我不知道，但我明白，我的同学墨一迪是真的"不见了"。

"哈，可找到你了，还以为你已经走了。"那位好心人跑得呼呼直喘，热气腾腾来到我面前，"我打听清楚了，墨一迪上一周就出差去了。"

我摇摇手中发黄的宣纸，不知说什么好。

再过些天我去墨一迪的办公室，那间办公室依旧强光笼罩。依旧人人危襟严坐，默不作声。

"墨一迪。"我轻声呼唤，"墨一迪，有人找——"

那个座位上坐着一张鲜嫩的面孔，他茫茫然摇头。他说，不知道。从没听说过墨一迪。

我试图寻找上次带我入内的热心人，同样遍寻不到。

"墨一迪。"我轻声呼唤，"墨一迪，有人找——"

母　亲

儿子很有钱，钱多到他自己也搞不清楚。

有钱的儿子想把母亲接到城里居住，优渥的生活，富丽堂皇的别墅，美丽的花园，多少美好的生活。儿子想尽自己的孝心。

但母亲不肯离开自己的乡村，在那里她还有两亩地，院子里的枣树、梨树、满畦的蔬菜，几只鸡，几只鹅，这些都让她放不下。

"儿子，你在外面过得好，过得高兴，妈就天天像过年。"母亲不止一次这样说。

儿子很无奈，嘟囔道："哪儿有天天过年的?"

儿媳亲自从遥远的南方飞来接婆婆，哭得泪眼汪汪，老母亲陪着掉泪，可就是不肯走。儿媳失望而去，临走留下一些现金。

母亲不知拿这些钱如何是好，银行账户里已经有很多钱了，又没有别的开销，要那么多做什么。她想了一夜，第二天起早托了一个妥当人，从省城运来一架钢琴，和一些乐器，送给了学校。

她和校领导说："组个乐队吧，培养培养咱娃，没准能出几个大音乐家。"其实她是想儿子了，当年儿子喜欢上二胡，拉得很不错，还在县里得过奖，但因为家里穷，初中只上两年就辍学外出打工了。她觉得欠儿子的。

每天下午放学后，母亲就坐到学校墙外听乐队练习。听着听着她眼前就想象是儿子在里面弹琴，那琴声像高高低低的山坡，长满浓密的青草绿树，偶尔会蹦出淘气的小兔子或者小松鼠，沿着草尖儿跳一出舞蹈。

学校去市里文艺会演时，特意邀请了老母亲。挤满学生的体育馆人声鼎沸。她的学生们上场了，一个个精神得像精致的洋娃娃。开始演奏前，一个学生代表上前讲话，他说，他们只是冀中农村一个普普通通的村级小学，今天能够通过层层考试集体来到这里，要感谢一个人，她就是他们的刘奶奶。

灯光转暗，一束光突然转到观众席，老母亲的身上。老母亲惊愕地站起来，不知所措地和大家一起鼓着掌。

学生代表接着说，正是刘奶奶，让他们这些从来没有摸过贵重乐器的农村孩子实现了自己的梦想。孩子还在继续讲。老妈妈已经听不进去了，她的耳朵里轰轰像响着吵人的火车。她颤抖着拨通儿子的手机，冲那边喊："儿子，你听，你听。"

儿子在忙，匆忙嗯了几声就挂掉了。

观看着孩子们的演出，老母亲双眼始终盈着幸福的泪水。

儿子总是忙，路途又遥远。以前是一年回来一次，后来几年回来一次。每次通电话时，儿子总一副疲惫不堪的音调，每次他总重提要老母亲去城里享福。老母亲还是拒绝，她想儿子，想孙子，但她是真的放不下。

儿子春节回来时，给她带来一对阿拉斯加狗，送给老母亲解闷。说城里的老太太们都喜欢养这样的狗，听话，懂事，像孩子一样。

学校再开学时，老母亲就开始带着她的阿拉斯加"儿子"听音乐，两条小狗不乱跑，温顺地跟在她身边，淡蓝的眼珠像水晶一样灿烂，它们总是那么信任深情地抬头望向她。老母亲一碰到这样的目光心里就融化了，拴了几次后，她再没用儿子留下的项圈锁它们。

现在，老母亲更加舍不得离开她的家。

学校里的孩子们都叫她"刘奶奶"。刘奶奶哪天没有经过学校孩子们就开始惦记。村子里有许多她这样的留守老人，儿子儿媳打工走了，留下父母和孩子，有的条件好或者差一些，便总归情况都差不多。

有一天村里一个老人没人照顾，跌断了脚，80多岁了，躺在床上，哭得像个孩子。老母亲探望回来，走进了村长家。她要拿出她所有的钱，发动大家有钱的出钱，有力的出力，在村里办个敬老院，聘请专门的护工，照顾年龄大的老人。没地方可以把敬老院安在她家，只要能照顾好老人们。

事惊动了省报，报道出去后，敬老院迅速成立。附近村里的老人也闻风而来。

儿子听说后，打来电话，问母亲这是图什么，好好的城里高档次生活不过，好好的安静小院不要，图什么。母亲回答不出，嘿嘿傻笑。

儿子担心母亲，决定这一次无论如何也要带走母亲。

他提着行李来到家门前。惊讶地发现他都不认得这个家了。门前的梨树像是迎接他归来，梨花开得洁白而绚烂。过了影壁墙，更让他震惊，院子里正开着一场音乐会，十几个老人欢欢喜喜坐成几排，宽敞的屋廊下是几个表演的孩子。

他的母亲，围着一条围裙站在偏屋门前，笑呵呵地观看着。两只阿拉斯加犬一左一右蹲卧在母亲身边，摇晃的尾巴像一根飘洒的羽毛。笑容满面的母亲慈爱得像一个守护天使。

儿子停下了，他想起母亲曾对他说过的话："只要他过得开心，她就像天天在过年了。"现在，这个家不正是透着过年的喜庆与吉祥吗？他给不了母亲的，母亲在这里找到了。

妈妈——

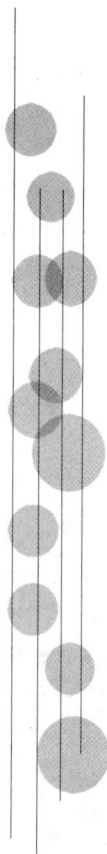

龙　珠

一个男人和一个女人在大沙漠里相遇。男人发现女人时，女人因为饥渴和劳累而奄奄一息。

女人已经濒临人生的终点，她将一个黑色丝绒小包塞进男人手里。恳求道：交给他。

男人焦急地追问：他是谁？去哪里找到他？而女人已溘然长逝。

黄色的沙漠风暴铺天盖地从西方席卷而来，转眼将女人埋没。风沙过后，天地澄明，水洗似的干净。到处是连绵起伏的沙包，再找不到女人存在过的痕迹。

男人打开布袋，里面是一颗拳头大的夜明珠，在蓝蓝柔月映照下通体发光。他目瞪口呆。

现在，不管他愿意还是不愿意，总之他必须背负起这份重托，将夜明珠送达"他"抑或是"她"，不知名者的手上。当然，如果他担当得起良心的谴责，也可以将夜明珠据为己有。而男人想都没有这样想过。

几天的跋涉后，他来到一片绿洲。绿洲到处是骆驼和四处游方的小贩，集市上遍布色彩夺目的珠玉和玛瑙，在阳光的照耀下，整个绿洲华贵而富丽堂皇。

受人之托的男人不知如何寻找夜明珠的主人，因为语言不通，他无法和绿洲里的居民沟通。于是他来到集市，拿出一块方巾，将夜明珠摆在上面，希望有人主动和他交流。

终于有人注意到了他，站在他身边叽叽嘎嘎地说话，而且人越聚越多，直到拥堵了整个市集。

现在，所有的人都围在他身边了。男人抬头冲人们微笑。

人们一齐指着他哈哈大笑。男人在人们的指点中开始失去自信，他摸摸自己的头发，自己的脸，以为沾上了什么脏东西。人们更加大声地哄笑。

男人顺着人们的手指指向，望向地上的夜明珠，愣住了：从包袱里拿出

时还熠熠发光的夜明珠，此时变成一块丑陋的石头。这绝对是那颗夜明珠，为了以防万一，他一直抓着它，从没有离手。

绿洲里的人像看猴戏一样，嘲笑围观这人卖石头的外乡人。男人只好收起方巾，在他将夜明珠放入怀里的那一瞬间，明显地感觉到手中之物重新变得温润圆滑。男人思忖一下，明白了：夜明珠不属于这里，这里没有他要找的人。

来到第二个集市是在十天之后。他知道夜明珠是通灵之物，自会识别有缘之人，所以他这次直奔最热闹的地方，放心大胆地将夜明珠放于集市之上。但这次他失算了，眨眼之间，夜明珠从他眼皮子底下不翼而飞。男人呆呆发怔。

他茫然四顾，不明白是怎么回事，难道，夜明珠找到了自己的主人？他不禁有些失落。

突然，一个重物砸在他的脑袋上，血涌如注。一个凶神似的恶汉站在他的面前。呸了他一口，骂道：竟然拿一块石头藏在怀里，坏了他神偷子的名声。周围的人也围了过来，纷纷指责男人坏了这个市镇几百年来"偷必有值"的规矩。

原来这是一座"小偷之城"。偷在这里是合法的，每年都要进行偷技比赛，以维系"人人会偷"的传统。

群众的情绪越来越激动，眼看就要引起一场暴乱。男人匆匆捡起刚刚扔向他，又变成丑石的夜明珠，抱头鼠窜而逃。

他一直逃了很远，悲伤快要把他压垮了。

他不知怎么兑现他的承诺，帮助那个女人找到夜明珠的主人。因为恐惧于上一次的经验，所以他来到下一座城市时，怎么下决心也不敢入内，只好坐在城门口号啕大哭。

城市的王听到他的哭声，让侍者带他进入宫殿，问他：我的王国里的人民一向丰衣足食安居乐业，从来没有人哭泣，你因为什么哭得这么伤心？

男人哽咽着，将沙漠中受人所托的来龙去脉一一道来，说，我只是一个喜欢旅行的人，我只是希望在有生之年到过所有的地方，去过所有的城市，见识所有自己未曾见识过的风俗人情，可我刚刚离开家乡，还没来得及探索到一个新城市，就在沙漠里碰到那个女人。唉，我的命运怎么如此地乖僻不幸。

王说，听说有一种龙珠只在有缘人面前显露它的本真。王让他拿出明珠，明珠只是在王眼前闪了闪，又变成一块石头。

王深思良久，道：我相信你，你是一个高尚的人，所以龙珠在你手里是明珠，而在俗人眼里只是一块石头。王顿了顿：我来告诉你，孩子。王扶起男人。你完全不用将此事当成是负担，只需要随缘，自然而然就会找到明珠的主人。

可是，您不觉得别人的信任，自己做出的承诺，同样都是人生的重负的吗？时间越久，负担会越重，每天都让我呼吸困难，感觉不自由。

这样吧，你如果想卸负，可以将明珠放在我这里，只当什么事情也没有发生。

男人闻言连连摇头。他选择继续完成他的任务。

真是一个固执的人。王望着他的背影叹息。

菊　殇

"菊香苑"是公园里生产菊花的苗圃基地，现在它需要一个管理员。有一个人去申请，并且很快被录用了。

这人真是个天才，"菊香苑"在他手里很快发展起来，五颜六色的菊花遍布公园的角角落落，这些菊花含香吐蕊，娇美绝伦，每一朵都是世上独一无二的。这些菊花不但内需旺盛，而且出口量也空前绝后。每年都有成千成百的新品种培育出来。世界菊品名录里有大半出自"菊香苑"，而且品种还在不断添加中。

菊花的盛产给整个地区带来无可估量的财富，从根本上解决了社会就业问题，并带动起许多相关行业。每天，这个地区的居民都沉浸在菊花的幽香里，从早晨一睁眼，到夜晚来临千家万户的窗户亮起温暖的灯光，所有人都是笑眯眯的，心情无与伦比地舒畅。他们都齐声赞美聪慧勤奋的菊花管理员。

而这些赞美管理员一概是听不到的，他整天在菊花的花朵与枝叶丛中，根本顾不上抬头。

有一天，一前一后来了两个人。他们都是热爱菊花的人，甚至只是听到某种菊花的名讳，都会激动不已。

先来的人在"万寿菊"圃找到管理员。他说他想和管理员合影，管理员尽管不满他影响自己修剪花枝，但还是满足了他。于是这个人获得一张照片。这个人又提出要求，说他想捐一笔钱，只是希望下一个新培育出的菊花品种以他的名字命名。管理员断然拒绝。管理员说新品种的花种自未出生前就已经有了自己的名字，管理员所做的，只是把它们接生出来而已。

先来的人不死心，特别强调"可是一大笔钱哦"。为了减轻自己的尴尬，他说请允许他在苗圃里四处逛逛。管理员做了个请便的手势后，继续埋头自己的工作。

先来的人刚走，后一个就出现了。（两个人一来一去的方向一致，真无法相信他们竟然没有相遇。）

后一个人提出和前一个无二别的要求，也是先要一张合影，紧接着，他也是大大地吹捧了管理员一番，说人民是如何地尊敬他，如何地爱戴他，按影响力完全可以接任下一届总统。管理员极不耐烦地说，他只是个花匠，只想安静地待在花园里。

后来这个人说出和前一个人同一愿望，也是打算捐一笔钱，想以自己的名字为下一个新品种命名。

这时，先来那个人又回来了，和后来这个人一起磨缠管理员，他们又许下好多承诺。

管理员摆摆手笑了。"这是不可能的，花朵从出生前就有自己的名字。而且，将自己的名字强加于某件事物身上，我看不出有什么意义。快走吧，我还要干活呢。"

"请相信我们的诚意，世上没有哪个人比我们更热爱这些花的了。"两个人异口同声地说。

"可是，爱归爱，但也没有必要据为己有啊。"管理员不解地回答。

"我们绝不是据为己有，我们只是想在自己一生钟爱的事业上，留下一点儿自己的印迹，证明我们曾经来过，不虚此生，哪怕一点点，哪怕只是一朵娇弱小花的名字。"

管理员挠挠头，还是不理解。他一心惦记河塘对面苗圃里的枝叶还没有修剪，瓜叶菊已经开始哭泣了，鳞托菊们不安地窃窃私语，波斯菊正密谋发动叛乱，要给疏忽了它们的管理员一场好看。

管理员被缠得六神无主，心慌意乱，为了打发走这两个人，他很不情愿地答应了他们："可是，马上就要开花的新品种只有一个，下一个要在三个月之后。"

先来的人说，给我，我先来的；后来的人说，给我，因为我的出现才使事情成功的。

管理员左右为难，不知怎么办好。

给我，我有十几家跨国公司，我的财富在世界上首屈一指。

给我，我占地球上石油份额的百分之八十九。

给我……

给我……

最后两个人像小孩子一样打了起来，打得满脸血迹。

其中一个不干了，他召集来几个同乡狠狠为他出了口气。

另外一个怒气冲天，派来一队人马杀死了那几个同乡。

于是战争开始了。

从地面打到天空，从天空打回地面；从原始肉搏到高科技火箭。人们充分发挥自己的聪明才智，造出比对方威力更强大的军事装备，试图抢在对方之前干掉对方。

战争不断升级。

战争促进了一切工业事业的蓬勃发展。

只是苗圃不见了，人们再闻不到弥散在生活周围的菊花清香。但没多久，刚刚失去菊花香的人们又重新找到另外的就业方式，并且发现这种方式获利更多，物质生活可以空前地奢华。人们又眉开眼笑了。

人们就渐渐忘记了那个"菊花苑"，忘记了那个心灵手巧的菊花匠。忘记了曾经历过的安恬而悠闲的生活。

菊花死了。在天堂里日夜疼痛不已。

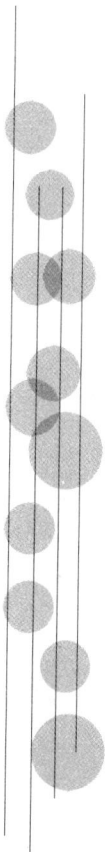

魔 镜

工匠王小波做出一面镜子，送给了李家成夫人。

第二天，李家成府的仆人专程跑来，赏了他一笔钱。

第三天，李家成府的仆人又来了，又赏了他一笔钱，数目是上一天的两倍。

有人打听何以王小波会得到如此多的赏赐，王小波挠挠头，说他只是为李家成夫人做了一面镜子。

于是镜子行业应声而起，像雨后的杂草一样，空前兴隆，前所未有地兴旺，包括很多从未见过镜子的人，也纷纷开始制作起镜子。

但很快人们就发现，再没有哪个人得到王小波那样的好运。

有人就去王小波那里学艺，尽管人们很虔诚，但事实是许多人的镜子仍旧卖不出去。镜子挤在仓库里，很寂寞地慢慢老去。

有人指责王小波欺骗大家，并且约定不再和他说话。王小波很委屈，他上街找人辩解，抓住任何可以抓住的人，告诉人家他给李家成夫人制作镜子的全过程。

他说，我确实是按和大家一样的程序来制作的，中间环节不差分毫，使用水银的分量也不多不少。没有人在他面前止步。

王小波每天像个幽魂一样，孤独地在大街上走来走去。

有一天，一个聪明人问他：在制作过程中，有没有发生工艺之外的事情？

王小波想了想，说，我在制镜时曾经用杯子喝了三次水。聪明人耐心地引导，让他再回忆。

王小波用力拍了拍不太聪明的脑袋。大叫一声，我在倒水银前，不小心划破了手，瞧，现在手上还有疤痕呢，当时肯定有一滴血掉进了水银中。

人们恍然大悟，一起说"原来如此"，并且对之前的无礼向王小波表示道歉。

王小波激动得满眼泪花，为自己重新回到集体中而庆幸不已。

但没多久，镇上的人又抛弃了他，再次谁也不再理他。因为镜子工们划破手上所有的指头，也没能制作出王小波那样的镜子。伤口不断增加，旧的还没有止血，新的又添加了上去，直到镜子工们的妻子出面阻拦，才不至于让他们割下自己的双手。

王小波跪在上帝面前，日夜祷告，可是上帝也无法安慰他那颗破碎的心。

聪明人又来了，再次引导王小波进行回忆。

王小波忍不住哭了起来，重述他的制镜过程。他说李家成夫人是那么美貌，又那么好的一个人，和李家成一样地仁慈，前年因为收成不好，李家成府免了所有人的税金，他们在佃农生病时还去看望，可这样好的人，却刚刚失去了他们年幼的儿子，多英俊的孩子啊，像天使一样，小小年龄已经懂得怜贫爱老。李家成夫人伤心得天天把自己锁在黑屋里，李家成为了安慰她，命我给她制作一面镜子，希望她能开心起来。我也希望她开心起来，因为我也有儿子。他就是我的天空和太阳，一眼看不到他我就无法安神，所以我知道失去儿子的痛苦，所以我想制作一面世上最好的镜子送给她。

聪明人迈着沉重的步伐离开王小波，召集来镇上所有的人，以真诚和慈悲为主题，进行了一整天的演讲。他讲了李家成夫人的故事，所有的人都哭泣了。

"爱心！"聪明人喊，"我们不是缺乏制作镜子的技艺，而是缺乏爱心。所以，我们人人要有爱，才能制作出精美的镜子。"

王小波也被感染了，在大家的簇拥中享受爱戴和赞颂。但当大家让他传授如何才能拥有爱心时，他不知如何是好——制镜匠就是制镜匠，他一个工匠只会制作镜子，又怎么讲得出什么大道理，如果他会说，他也是聪明人了。大家快快不乐，一个个离开了他。

天黑了下来，王小波一个人在广场发呆，孤单的影子一时长一时短，像它的主人一样无精打采。

"爸爸。"一个干脆的童音从远处飞奔而来，随后一个香喷喷的吻亲上他的面颊。这是他五岁的儿子。

猛然，王小波想起一个细节。送镜子那天儿子是跟他一起去的，在往李家成夫人屋里安放镜子时，儿子离开他走近床边，静静望着床上搂着自己儿子照片的李家成夫人，并在临走时轻轻吻了吻她。那个纯洁的吻像道光，霎时点亮了李家成夫人。王小波看到李家成夫人眼里闪动着泪光。

王小波想放声大叫，想唤回离开他的那些人，但张张嘴，还是放弃了。他想，我只是个愚蠢的制镜匠，这样的事，说出来也不会有人相信，即便有人信，接下来不定又要遭什么罪呢。

石 兽

现在，仍有人在夜色昏明的晚上，将桥头那尊石兽误认为是一头凶猛的藏獒。许多曾有经历的人复述，确实清晰地听到过它喉咙里磨骨般的咯咯声。胆小者宁愿绕道村南，也不愿半夜从它身边经过。

村里已经很多年不见那种大狗了。第一个将大狗引进村来的，是江屠户。那个雄壮的屠户，不仅杀猪，还杀牛、杀羊，但凡大体量的动物，他都敢杀。手起刀落，眉头都不皱。有人开玩笑，问他，敢杀人不？江屠户拿沾了血迹的手巾摸了把汗，只"嘿"了一声。那人冷不丁打了个冷战。有一天江屠户从外面收工，就带回来那只猪崽大的幼狗。

那是 1944 年，离抗日战争结束不足一年。普通人家连孩子都养不起，别说是条畜生。沾了屠户手艺的光，狗崽几个月就审成牛犊大小。人们这才发现，这不是一条普通的狗。身长大头，一张古怪松弛的狗脸。极少听到它发出声音，白日多半静穆地卧在屠户房前，卧也是后半身子的卧，前肢是直立的趴状。有小孩子壮胆远远用石子投它，它理也不理懒得去看。而当两道冷飕飕的寒光从眼窝里射出时，便让人极不舒服，像神界鬼界最透彻的打量，疑惑间就感觉那其实不是一条狗。

1945 年 3 月。早春的厉风还在小村上空撕挠不肯罢手，人们早早就睡了。半夜两点时，猛然村里响起接连不断的惨叫。那叫声明明是人，却不像是人声。吓得醒来的人心里怦怦直跳。

"鬼子来了。"人们就跑。大脚板啪啪纷乱地向四个村口涌去，出了村，逃进野地和林子，躲上一两天再回来。那时候的人是真怕鬼子啊，鬼子好像真是从地狱而来无所不能的恶鬼，打都没勇气去打就只剩下跑，抛家别业只顾命地跑。

那天只三个人没跑出去。一个是江屠户，他为了护他的狗没跑，而他的狗在鬼子堆里，也不叫，见人就往死里咬。还有两个人也没跑成，江屠户隔壁的齐伯，病得不轻，哼哟哼哟腊月里就起不了床了，累得他没嫁人的二闺

女天天拖着瘸腿门里门外伺候。大狗死守在齐伯门前，头前进屋两个鬼子，两个都断了喉咙，尸横当场。

"叔，你快跑吧，俺爹已经不在了。"

江屠户撒眼一看，齐家二闺女手里攥着剪子，已爬上院里高高的老杨树。

"快下来，跑——"

"别管俺了。你快跑——"二闺女在树上放声大哭。

"快下来——"

"叔快跑——"二闺女下了死心，就是不下来。

江屠户第一次杀人，杀得眼红，只是越杀越多，地狱的大门被打开了，杀不尽的恶鬼，杀不尽的害人精，江屠户胆寒了，他恨恨地一跺脚，喊："狗——咱跑！"

大狗一愣，呜呜一阵咆哮。

"狗娘养的，你给老子看看，再不跑还能跑得了么。"

大狗又是一阵呜叫，它的后腿已经中了一枪，腥热的血混在黑色皮毛上，俨然从身子里流出的是黑血。

"去桥头，快——"江屠户抢着自己的杀猪刀，砍上一颗脑袋，又一脚踢倒一个，趁空钻入小过道，借外人对地形不熟，七拐八拐居然给他躲过子弹逃到河边。

滏阳河三月的水哗哗地流，像有许多话要说。河里从严冬解冻的冰块不断破碎、撞击着向下游奔去。江屠户跑得呼呼直喘粗气。他矮下半个身子，没进岸堤枯干的苇丛里。岸边的垂柳林也是很好的屏障，万千条细密的枝条像万千条日夜相守的乡亲们的胳膊，小心地把他护在自己的臂弯里。

他不时回头，找寻他的狗。身后空无一物。他忍不住小声喊："狗——"

没有熟悉的热烘烘的气息。"娘的！"江屠户骂道。

"狗东西，比我还仁义。真他娘的是'好狗护三邻，好汉护三村'。"江屠户隐在长苇里，桥头就在眼前，已经能看到巨物一样的镇桥石兽。过了桥，那边就是沟沟壑壑的大野地了，再往那边，是大片的林子，只要不往地跑，哪里都能藏人。

可江屠户舍不得孩子一样养大的大狗。想想把自己困在树上，以死相抵的齐二闺女，他"呸"自己。"狗娘养的。"二闺女刚生下来那会儿，他还给过她一个银镙子和一双虎头鞋。

江屠户一抬手，发现自己满眼是泪。

突然有东西奔跑而来，在寂静的夜晚发出很大的声响。

"狗东西。"江屠户惊喜地从藏身的苇里抢出，扑向桥头。

大狗在石兽旁停下，眼神迷离，像不认得了似的，定定地望向桥上的江屠户。大狗浑身冒着腾腾热气，身上滴滴啦啦往下淌着液体——血。

"啊——狗——"江屠户立在狗对面，悄声喊。

追兵来到，将他们团团围住。追兵骂声不止。江屠户怀疑自己已经死了，鬼子的话他居然听得懂，居然也是"狗娘养的。"

"狗娘养的。"江屠户一脸笑，一脸泪。

一阵枪栓响。这让江屠户记起杀牛时，牛脖子上抖动的镣铐。那些天，总是有欢腾的乡亲围在身边，总是有饱足辛辣的烈酒，总是在一个温暖明亮的下午。

他望向他从粪坑里拾来的大狗，像打量终于长成顶天立地男人的儿子，既赞赏又惭愧。

枪响了。炒豆子一样。人与狗静静地立在桥头石兽前，谁也跑不动了，谁也不想跑了，在老祖宗刻下的石兽面前，交换着天底下最伤心的眼神。

我们都有病

佛典有云：

那时，旗未动，风也未吹，是人的心自己在动。

很多年之后，我将在所有人记忆中变成一团虚无，照片里的合影也将变化，凡是我在的位置都必模糊不清。这不是末日谶语，而是我最强烈的一种愿望。

胡兄邀我们同游天台山前，我是那等人，风流云散归来后，我便成为了现在这等人。

最先发觉有变化的，是申丽，随后是李军，再然后是老万、江梅、杨平、刘家涛……当天下人都起了疑心后，妻杜娟跑去追问胡兄。胡兄一问三不知。

"他真的不一样了。"杜娟急得淌泪，"一定发生了什么事，胡哥你就告诉我吧。"

"可是，我真没觉得他有什么不一样啊。"胡兄摊开手，无可奈何。

杜娟嘤嘤哭泣，唱歌一样历数我们从相识到相爱，从结婚到有子共同度过的大把时光。

数天后，杜娟再次找胡兄，强拉他来见我。她哭泣着，又一次唱起我们从第一眼相识一直到现在的歌儿。每当她内心某一个边角垮塌，开始不自信，她就唱。

杜娟不是坏女人，和有些女人比起来，相当好了，热爱老公孩子，热爱这个家，可就是爱唱歌，好像那是一笔永远无法偿还的债务，又似乎是勒命的嚼子。知道什么是嚼子吗？那是农村或者动物园控制牲口的工具。我无法阻止她唱歌，又不能任由她歌唱，于是扯起胡兄到家门口的小酒馆喝酒。

"你到底怎么了？"胡兄狐疑地问，"刚才见到你，似乎真的和以前有点儿不一样，是不是病了，不舒服？"

"没有。"碰碰杯，我说，"我没病。"

"不，是真有点儿不一样。"胡兄坚持。

我将肘撑在桌上，顺手摘下袖口的一根线头："说一样仍一样，说不一样也许真的有不一样。"

胡兄紧张地俯身过来。

"你还记得山上的大雄宝殿吗？"我抿了口液体。

"是啊，不过是一间野寺，几个和尚，就把你迷得晕三倒四，非要烧100元的高香，拦都拦不住。"

"错，我在墙上的壁画上，看到了我爸爸的脸。"我悲伤地说，"千真万确。"

"可你爸爸不是在你出生后不久就去世了吗？"

"是，但奶奶的正堂供着爸爸的照片，从小早晚拜祭，我认得。他眼睁睁看着我，半个身子在火焰里燃烧，那是一幅地狱图。"

"听说你爸爸是杀了人，才——"胡兄欲言又止，怕伤害我的自尊心。

"没错，我爸爸是杀人犯，不是好人，他抢了人家一辆自行车，又杀了人，可他是我爸爸……"

"对对对，杀人犯也是有亲人的。"胡兄安慰我，重新满上一杯。

"可在世人眼里，杀人犯不再是人，杀人犯的亲人所以也不是人。胡兄啊，我们这一家在别人眼里从来不是人啊。"我有些头昏，喝高了，向来滴酒不沾的。

"没人不把你当人，咱哥们多少年的关系，不是挺好？还有你同学，你同事，不都挺好？你是你，你爸爸是你爸爸，多心了。"胡兄拍打着我。

"我妈怎么死的？抑郁啊，三十六岁，抑郁而亡，为什么？是爸爸的鬼魂时时刻刻看着她，跟着她，她逃了一辈子也没逃出爸爸的手心。"

"这事，奶奶可能有点儿责任，不该老供着他，让你有心理负担。"胡兄很谨慎。

"是，奶奶是看管鬼门的守门人，她天天烧香请出爸爸和我们一起吃，一起坐，一起出门，包括我和人交往，他都在一旁指指点点。"我明显感到胡兄打了个哆嗦，霎时，又看到爸爸的鬼魂来了，自从我从山上下来，他就一直跟着我。他飘到我们身边的座位坐下，无限哀愁地望过来。我目瞪口呆，不敢叫破。

"没想到你隐着这么重的心事。很早的事了，与你无关，忘记吧。"

那个鬼魂直视过来，我举起杯："敬你。"

"好，喝，喝完说完心里就痛快了。"胡兄一饮而尽，"不过，兄弟，说实话，一个壁画就把你搞得失魂落魄，刺激成这样，你这心理我真是不明白，不理解。至于吗？"胡兄不以为然。

　　"没有谁真的理解谁。"我摇摇头，"我也不知道怎么突然想起这些，真有病。"

　　什么时候胡兄送我回到家，不记得了，什么时候他走掉，也不记得了，妻杜娟后来说，那天半夜我爬起来，翻出母亲和奶奶留给我的木箱子，将里面的什么东西取出来，烧掉了。我听后茫然。

　　真的不记得了。包括我曾狂乱写进日记中的，开头那段话。其实，谁又知道谁？

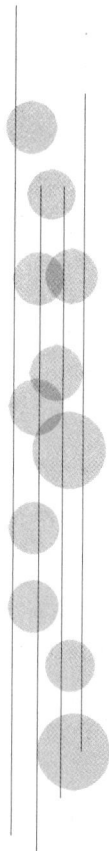

北地呼吸

他打来电话时，她正与同伴阿媛在北方辽阔的大地漫游。

她将耳郭紧贴听筒，倾听对方那端传来的细微声响。他这次仍是久久不说话，片刻后一声长长叹息，过会儿，又是一声。她望着车窗外飞奔而去的苍灰田野，不挂断，也不催促。阿媛正开车，她没看，但她还是知道阿媛投来一瞥。

十天前她与阿媛偶然相遇，意外促成这没有期限的旅行。阿媛与阿宁，阿宁和阿媛。听听这名字，似乎早在很久前就注定她们会结伴同行。阿媛是个好同伴，好同伴的标准是相互关心却不问那么多。九分三十二秒后，对方挂机，她打开地图寻找宿地。

前天刚刚下过一场雪，大雪，空气烈得像酒。树上的叶子似乎是一夜褪尽的，黄花满地，仍高挂枝头的，兀自顽强挑战北方寒冬的严峻与冷酷。高速今天下午才开通，道路两侧还存着积雪，她们启程前决定今晚赶往涞水。

几辆大货车摇动着笨重的躯体挡在前方。阿媛"呸"了一声，笑了："瞧瞧，70 脉的速度也超车，真是的。"

她抬眼看去，也笑，指着正在小车道上晃的货车："看，超载了，还偏沉，右边轮胎要压塌了。

"这孩子，这么大个子，没打扮好就出来混了。"

"谁说不是呢，给公路巡警逮着，要罚款了。"

"多危险。"

"谁说不是呢。"

高速刚刚通行，一路压了许多车，她与阿媛谈笑穿行，越过别人或者被别人越过。久了，竟感慨出禅意，人生不过如此：追追赶赶，一路奔忙。

中午晴朗的阳光灿烂一阵，敌不过隆冬，忽然就淡了，雾气从地底升出来，自远而近渐渐将天地黏连成一体。她打了一下盹。

那一刻似乎就是这样发生的：要超车时，猛然从身后窜出一辆白色"现代"，阿媛迫不得已开进应急车道……

恍如梦境。她再睁开眼时，高速上空空荡荡，人迹皆无，在漫天迷雾中那辆超载货车翻倒在地，空空的货厢像一只张开的黑色大口，蓝色苫布犹如巨大的风筝在半空招展，哗啦哗啦，沉甸甸的，每一次扬起前抽打着空气，像是驱赶旷野里的鬼魂拉动风力。她站在空地，找不见她们的车，也找不到阿媛。

她什么也听不到，北方平原惯常的呜呜风声也隐匿了声迹。寒意渐重，她战栗不止，分明触摸到来自另外一个世界的冰凉。就在这时，她从浓雾中看到那个孩子。

那孩子穿一件粉红长裙，像芭比娃娃那样盘着头发，发箍是银质的花冠。她认得那花冠，它曾经收在一个尘封的首饰盒内，其中一根花枝有折断后焊接的痕迹。

那孩子向她微笑着走近，唤她"妈妈"。

"不。"她摇摇头轻轻更正，"叫姐姐。"

小女孩站在面前望着她，清澈的大眼睛迷惑不解。她肯定自己似乎在哪里见过这孩子，记忆之河汩汩流淌，冲刷着每一寸河堤，却翻不到一张相似的面孔。

"妈妈，带我回家吧，这里好冷。"小女孩瑟缩着抱紧肩。她忍不住将她抱进怀里，脸颊摩挲着小女孩的外套，多么轻软的小身子啊，娇弱得像春天里柔嫩的花枝。

"妈妈，我好怕，那里有个人想带我走。"小女孩遥遥指着货车。

她打了个冷战，扭头张望了下，重新将孩子抱紧："不怕，无论经历什么好孩子都要坚强。"

孩子再次动了下，在她耳边呢喃："可是，他来了。"

"谁？谁来了？"她惊慌回头。突然怀里一轻，空了，那孩子不见了。

"不不不，别走，别走……"她惊叫。

"阿宁，阿宁——"有人拍她，"醒醒，醒醒。"

她睁开眼，阿媛目视前方，握着方向盘，关切地问："是不是做噩梦了？"

"唔。"她含混应着，清醒过来，阿媛不愧是老司机，车技惊而不险，刚才不过是她南柯一梦。

她看看表，惭愧自己居然撇下阿媛睡了半个小时。外面雾气提前了夜的来临，前方车辆尾灯闪闪烁烁，不断打着灯语，车灯与车灯间相互讲述自己

的故事。车窗玻璃里反照出一张睡意未消的女人的脸。这是她？还是梦中？她回忆着，却再想不起那张似曾相识的脸。

"你刚刚在喊，"阿媛含蓄又敏锐地问，"是因为那个神秘电话吗？"

"我梦到一个女孩。"她答非所问，"总觉得越长大，离心里最初那个自己越遥远。"

"有什么心事？"

她沉默。

"我喜欢开车，还从没试过自己最大极限能开多远。"阿媛不再追问，向往着，"如果我们能一直开下去多好，只要有路，就一直走下去。生活好烦，一个地方待久了，就感觉累。"

"芭芭拉城。"阿媛没有听明白，她解释，"卡尔维诺《看不见的城市》里的一座城市，这座城市里的人，待久了，就换到另外一个地方，另外一个地方的人同时迁移到再另外一个地方，往往复复，依此类推。"

"多好玩，可是，离开一个地方容易，离开一个人呢？能够容易做到心里不留痕迹吗？"阿媛喟叹。

"我不知道。你说呢？"

"我也不知道。"她们相视而笑。

"阿媛。"她一边在导航仪标出住宿地，一边问，"我们下一个目标，再去哪里？"

"阿宁，快看。"阿媛望着前方，兴奋地叫，"又一个超载车，又一个偏沉货车。"

末日饮

一只小船从滏阳河上游驶来，在秋夜的月光下，犹如一条性子温吞的大鱼悄悄游入港口。当尖尖的鱼嘴触碰到河岸石墩时，发出金属划擦声。李徽的父亲李凌猛然惊醒，起身倾听，随后将熟睡中的李徽轻轻塞回温暖的被窝，独自轻手轻脚跑向岸边。

河畔长柳苍秀，曲曲折折的阴影下站着一个人。

李凌低唤："马狗狗，是你吗？"

那人动了下，从树荫中走出，在清白的光照下，露出他的模样。来人显然是常年跑路的外地人，一件粗布外套已经很旧了，并且是多年前置办的衣衫，穿在消瘦的身体上有些肥大，风过，吹起裤脚飘飘摆摆。

李凌见到来人面容，激动不已："马狗狗，你真的来接我了吗？"

马狗狗面无表情，一双眼睛亮晶晶望着他。

"难道，不是来接我出去见世面的？"李凌有些迟疑。

"你，放得下吗？"马狗狗终于说话了，声音像瞬间急雨敲过船板，经受过海风的熏陶和冲洗，如果加上灵敏的嗅觉，还能闻到大海的腥气和暴躁。"我知道，你有一个年幼的儿子。"

李凌一阵黯淡。

"上船。"马狗狗跳上小船，李凌毫不犹疑紧随其后。

小船在滏阳河心缓缓滑行，从船舷两侧分开一道水路，身后的涟漪犹如巨大的鱼尾，在波光中摇曳摆动。

蓦然，马狗狗在船首吟道："人攀明月不可得，月行却与人相随。"

李凌接句："春去秋来不相待，水中月色长不改。"

马狗狗点点头："夜深静卧百虫绝，清月出岭光入扉。"

李凌："一夜梦游千里月，五更霜落万家钟。"

马狗狗喟叹："不错，我们年少时的功课你没有落下。"

"你也不错，后来游历四海也没有让你忘却这些。"李凌同时赞道。

小船在静寂的河道中游弋，穿行于掩掩映映的垂柳丛间。沿河小村名曰"柳林桥"，因这些柳树和横亘东西的石桥而得名。饱涨的柳枝喂养了一代又一代柳林桥村人，又将他们送进广漠的坟茔。滢阳河是他们的父亲，而浓密繁茂的柳林是他们的母亲。

马狗狗沉默良久，告诉李凌："尽管我们有约，等我找到大海会来接你一起游历，但现在我却不能遵守诺言将你带走。"

李凌脸色惨然。

"当年我父亲离开，将我扔在柳林里，如果没有你家人发现，我势必成为一具被野狗咬得支离破碎的尸体。你现在也有了儿子，我不能让他莫名其妙失去父亲。"

"我早知会是这种结果。"李凌喃喃自语，"可是，你又回来做什么?"

"回来告诉你，我找到了大海，就为这句话。"

"一句话，万里而来，却什么用也没有，更增加我不能远行的惆怅。"

马狗狗无语。

"很多年后，我也会像我的父辈一样，一生安分守己，清晨时早早出门工作，黄昏后回来一家人围在桌子旁吃饭闲谈，生儿育女，繁衍后代，最后白发苍苍地死在床上，安安静静地被人抬进坟墓。"李徽落寞地望向马狗狗，"这，就是你为我指定的生活吗?"

马狗狗摇摇头："不是我指定，是你必定，安分守己，儿孙兴旺平安一生，是你的福气。"

李凌转过头，赌气不再理马狗狗。当年马狗狗神秘地出现在柳林桥，与他一起度过童年，随后又神秘失踪不知所终，他以为再也见不到马狗狗了，没想到居然又回来了。他揩揩鼻子，隐约有一股硫黄的气味钻进鼻腔，他打了个喷嚏。那是几里外一家制革厂。

"马上这里就会起变化，村子不再安宁，一家一家企业在周围马不停蹄地建设，滢阳河水不再像现在这么清澈，村子里的人家一个个奔赴工厂，人们不再吃窝头咸菜，外面的世界在最初试探性的喧嚣后蜂拥而来，你也会变，有一天你会庆幸今天的选择。"马狗狗望着天上明月，说出一段预言。

"再后来呢?"李凌忍不住发问。

"再后来也许你会怨恨，抱怨今天没有狠心出走。"马狗狗笑了，露出海风刮白阴森森的牙床，"不过那时你已经老了，战战兢兢躺在床上，老弱多病，日日夜夜眼睛望着屋顶，害怕哪天被风吹塌，雷电击垮。还有你的儿孙们，或许孝顺，或者忤逆，你为他们熬尽心血，也许你老时却唤不到床前端一碗热水……"

"别说了。"李凌像女人一样惊叫，"你真恶毒。"

马狗狗扬扬眉。小船在月色中折回村子，船尾艄公蹲在一角，无声无息。

重新回到岸上时，马狗狗递给李凌一卷旧纸，他打开，看到是当年他们沉迷于其中的大海图。这张海图的来历像马狗狗的身世一样神秘，没人能够破解，包括马狗狗自己。

"我走了，保重。"

马狗狗挥手上船，再也没有回头。桥上李凌手握大海图，痴痴望着自己身体的另一半远离，摘心摘肺地痛楚却又无可奈何。

小船逆行而上，在宁静河弯冲出一条水道，扑向世界的另一端。

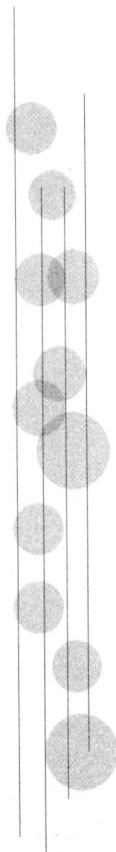

存在的和假设的

很多年以后，她们不再相信莎士比亚，也不再读波伏娃，而慢慢有了入世的心计，于是那些天使离开梦幻天堂，纷纷去人间寻找各自身份。后来她们又觉得孤单，天帝便赐予她们每人一个孩子。所以那些孩子们也是天使。

天帝在制造中，出现一个大问题：有个小天使只有半只心脏。

女天使从产房抱出孩子，不肯让人将他带走。她相信天帝是慈悲的，不会疏忽，也不会出错，所以他一定是别有用意。

女天使因为这个问题而变得无比坚强。她更加努力地工作，一边是为了赚好多钱为孩子看病，一边是让自己累，没有多余的空闲和情绪去伤感。

夜深了，太静。月亮在万里之外引发巨大的潮汐和海啸，呼砰，将海浪举起，摔成一块块坚硬的碎片。地动山摇。女天使在这世界的坍塌声中久久无法睡去。

屋角有一盏红色的夜灯，在黑暗的寂静中像一颗孤单倔强又脆弱的心脏。夜灯近旁是张小沙发，白天时她的儿子曾经坐在上面，专注地读漫画。三年了，其实他总是坐在那里读她带回的各种漫画。布面沙发两边扶手和靠背都有了磨损。望着那里，女天使心里温柔起来。她还是无法勘破天帝的谜团，她决定明天带儿子出门，去他向往中的游乐场。

不是周日，公园里空空荡荡，青葱的草地上停着几只麻雀，不断跳跃着啄食着泥土中的草籽。

儿子问，那是什么？

是天使的使者。母亲告诉儿子。每从天上下凡一个天使，都会有一只鸟儿成为使者，守护着天使。

什么是天使？

所有的好妈妈，和所有的好孩子都是天使。

妈妈，你是天使吗？

是的。

我是天使吗？

是的。

好哟。孩子拍手大笑。妈妈，这些鸟哪一只是你的使者，哪一只是我的使者？

离我们最近的那一只，任何时候都不肯离开我们的那一只。

嘘——母亲扬手喊了一声，草地上的麻雀呼啦全部振翅飞走。

儿子失望极了，半天小声问：妈妈，为什么那些使者都不理我们了？

因为那些是别人的守护使，不是我们的。

我们的在哪里？

母亲指指天空，佯作惊喜：看，在那里，冲我们笑呢。

在哪里？在哪里？我怎么看不到？儿子转动着苍白的小脸蛋四处寻觅。

刚刚还在，现在藏起来和你躲猫猫呢。

儿子说了很多话，有些累了，他窝下身子不再寻找，轻轻闭上眼睛。妈妈，我的守护使者是什么样子？和妈妈的守护使者一样吗？

妈妈，我希望他也叫她妈妈。

是的，他们也是母子。快乐的母亲和儿子，他们在天上飞呢，从不分离。

母亲抱着儿子坐进摩天轮。漫画中，摩天轮总是一部分在地面，一部分在云端。

云端离天堂很近，天堂才是天使们的家。所有的天使终有一天都会回家的，也许一起，也许悄悄独自一人，也许是两个人，像他们——母亲和儿子。

摩天轮快接近天堂时，母亲的长发全白了，发丝像银子一样在风中飞舞、唱歌。她又变回下凡前女天使的模样：娇美、纯洁，相信一切很美好。

一对闪闪发光的鸟儿落上摩天轮的窗口，摆动着它们的小脑袋叽啾叫着。它们既不是麻雀也不是平常见过的鸟儿。

女天使摇摇怀里"熟睡"的儿子。看，孩子，我们的守护使者。

孩子无声无息，嘴角是长途跋涉后甜甜的微笑。

天堂站到了。摩天轮在台阶前停止转动。

女天使推开门，托着小天使向云雾隐现中的金銮宝殿飞去。

灰灰的鸽子

小区里有许多鸽子，灰色的，周身像雨点儿一样的斑斓的鸽子。每天早晨，东方刚刚露出微光，那些鸽子们就哗啦啦一起飞出鸽笼，像一团会发声的云，咕咕鸣叫着离开小区。

它们的主人是一位退休老教师。

这些鸽子优雅地滑翔在天空，是小区上空的风景。但是新搬进小区里的人总是抱怨。抱怨鸽子四处遗落的粪便，抱怨鸽子不分时辰的噪音，抱怨鸽子飞散褪落的羽毛。

新来的人总会反映到居民委员会，但他们走出门后抱怨声就消失了。

老教师在小区养了十六年的鸽子。在这个时间里，鸽子的数量曾经锐减到只剩下一只，也曾在那个夏天繁衍到无数。老教师是不计算鸽子数量的，只要是回到窝里的，他都悉数照料，哪怕是一只迷路的过客，第二天一去不回。

十六年的鸽龄和他儿子离开他时的时间一样长。他现在已经不怎么想他了。

老教师忙碌的身边曾经有一个小男孩，背着书包，形影不离他的左右。但有几年前，小区里的人就看不到那个男孩的身影了。人们只隐约记得小男孩黑黝黝的小脑袋总是低垂着，每天踩着自己的脚下的线，一副心事重重的模样。

有人说小男孩是被亲妈接走了。只有居委会的老董知道，小男孩是被老教师一巴掌打跑的。老教师打人时，老董在场，在场的还有派出所民警，119火警，120急救。

那时小男孩已经上初中，正是挡不住的蓬勃年龄。架不住馋嘴同学的撺掇，趁老教师不在家偷了笼里的鸽子，几个半大小子找了一家工厂的角落烧烤。结果火苗引燃附近加工包装箱的木材库，大火蔓延，其中一个孩子严重烧伤。

老教师蹒跚着挪到医院，找到惊恐的男孩，一把搂进怀里，左右看他没事，随后一巴掌狠狠扇在男孩的脸上……

男孩从那天就消失了，临走将老教师家里的东西扔得乱七八糟，在墙上写到：我恨你们，恨这个家，恨那个杀人犯爸爸！男孩还留言要去南方找他的妈妈。他带走了老教师的全部积蓄。

老教师疯了一样寻找，找了半年，找不动了，就不找了，回到家，打开鸽子笼，放走了所有的鸽子。

大部分的鸽子找不到家，就另寻安身之所了，只有几只仍旧白天出去觅食，晚上停在老教师的阳台歇息。小区再听不到成片的、招朋呼友温柔的鸽哨声。

有一天，老董领着穿制服的人找上门。老董领来的人是监狱的警官，警官带来一个信息，说老教师判了无期，又两次在狱中立功减刑的儿子最近表现反常，狂躁不安，几次有自杀倾向。

老教师长叹一声，热泪纵横，重新打开鸽笼，养起了鸽子。他与千里之外的儿子有种联系，联系起父子感情的正是那些鸽子们。每周老父亲都会放出几只鸽子，探问那个正试图爬出深渊的儿子。

老教师一年年老下去，空空的，像一具活动的树根。每天他坐在鸽子笼前，呆呆地望着那些轻盈的小生命。

老董也退休很多年了，偶尔他会找老教师喝喝茶，说说话。两朵夕阳的光落在鸽笼的铁丝网上，暗暗的，像两朵没有了力气，却又不肯熄灭的火。

中午睡午觉的时候，老董做了一个梦。他梦见一群彩色的鸽子像一片云霞飘向小区的上空。他醒来后，颠颠地跑向老教师的小屋，急于讲述他的这个梦。他觉得这个梦预示着吉祥。

老教师家的防盗门大敞，里面一片哭声。老董吃惊不已。他走进门，客厅里只有两个人，老教师坐在沙发上，一个年轻人跪在面前。年轻人腿边是一只方方正正的骨灰盒。年轻人的手里握着一只展翅飞翔的木头鸽。

"爷爷，对不起。离开你我就后悔了，当年负气跑掉后，也不知到了哪里，流浪了几个月后，既找不到妈妈，也不敢回家，后来被一对好心人收养，供我上学，教育我做人，多年来一直劝我回来照顾你。只是……去年我找到了爸爸，爸爸在医院的最后几周我陪在他身边。这是他亲手刻的木鸽子……"

年轻人纵声大哭。

"爷爷，这些年我一直梦见你，梦见那些鸽子。"

"傻啊，傻啊——"老教师泪流满面，"我是怕你学坏啊，走你爸爸的老路，没想到一巴掌打走了你——"

两只鸽子咕咕噜噜轻轻叫着，从半敞的窗口飞了进来。一只停在年轻人的肩头，一只停在沙发扶手上。那是两只灰色的雨点儿，转动着红宝玉样纯洁无邪的眼睛，东张张西望望。

老董没有惊动失散多年的祖孙俩，打开阳台大门，此时斜阳正艳，一片移动的祥云撒满老教师的阳台。

鸽子们，回巢了。

水　界

天下着雨，漆黑如墨。有关这个地区的故事在夜雨的静窗下泛滥。

"那一年……"（许多故事都是以这样的句子开头）

那一年，老天爷像决了口子，拼命地往下界放水，下界的人们，也就拼了命地逃。逃出一时是一时。挂在树上的，下一刻就满眼汪洋，洪流打个旋儿，人就又被卷走了；上了屋顶的眼看不行，就游过去挤村口的牌坊。牌坊长七米高九米，是白玉节妇坊，大清时朝廷特赐修建，大牌坊是全县的脸面，全县的荣耀，但又能护下几个人呢？天亮时，牌坊上只剩下一个男人，一个女人，和一个小孩。

女人是住在村南的寡妇，跑出来前揣了一口袋红薯。因为怕掉进水里，她很有心计地把自己和孩子用绳子捆在突出的柱子上。怀里的孩子是遗腹子，这会儿正吧吧嘬着母亲硕大的奶。男人脸生，不是本村人，这会儿饥渴难耐，心急如焚地打着凉棚四处张望，恨不得把那水望出个边际来。

头几天，水还在腿边儿窜，偶尔能冲过来个把吃物，有时是绿叶草，有时是泡得发胀的老鼠，不拘什么，男人一律捞起来就吃。男人狼吞虎咽的声音让女人直犯恶心。她打定主意不看，又无物可看，仓仓皇皇地不知怎么好。

再往后，水仍不见退去，四处望不到边的浑浊黄水。水里很少有东西碰巧撞到这里，男人已经好几天吃不到东西了，他伏在牌坊上，饿得没有了力气，时而抬起头，像恶狼那样盯着女人，以及她怀里的孩子。女人昼夜不安，惊恐万分。她曾听老辈人说，饥荒年月，人饿得不是人了，是兽，吃孩子，吃老人，吃女人。她激凌凌打着寒战，更加不敢正眼看那男人。

第五天头上，她终于挺不住了，向那个一言不发，只是恶狠狠瞪她的男人哀求道："大哥，我这里还有几块薯干，你吃了吧。"

男人摇摇头，喘口气，艰难地转开他的眼睛。

女人继续哀求："大哥，你饿了这么久，就吃点儿吧。只求你在水退后，帮帮我们孤儿寡母。"

"你男人呢?"男人终于开口,声音沙哑,是浓重的北方口音。

"去年下煤窑,死了。"女人苦涩地答,"坑冒顶了,连个尸首都没找见。"

"看你娘儿俩还过得去。"

"是,我娘家几个哥哥帮衬着,公婆家还有几亩地。"

"有地为什么要下坑啊,一入坑,半个身子就进了阎王门啊。"男人感叹着。

"地薄,叔伯兄弟多……"女人艰涩地垂下头。

"哦——"男人了然,不由对女人生出一些同情。可以想见一个寡妇人家如何拖带着一个吃奶孩子在人丁众多的家庭生活。"都不容易啊。"

"听大哥口音,是北边的人?"

"是。"

"听说北边在打仗?"

"对。北边人比这边人苦。苦人只图一口饭吃就知足,可如果连口饭也吃不上了,那就要反抗。"男人浑身无力,但语气果断,"对,我们要反抗。只有反抗才能有饭吃。"

女人似懂非懂,有些惊讶地看着他。

男人说过几句话,累了。重新卧在牌坊宽大的石柱上。

半夜,女人听到一阵细微的咆哮。像是从脚底传出。她惊慌失措,像喊亲人一样,喊白天只说了几句话的男人,"大哥,大哥,你听那是什么,是什么!"

夜色吓人地黑。男人那里阒寂无声。底下的咆哮声有增无减,像是一群地狱出来的小鬼,围住石柱,拼命地要爬上来。

女人不敢惊醒好不容易熟睡的孩子,拉着哭音轻声叫:"大哥,大哥,大哥……"

"嘘,别叫。"男人不知何时爬到她近旁,悄声说,"底下不知漂过来什么东西,反正不是人。蹬住石柱了。"

女人瑟缩着更加搂紧孩子。心里祈祷着天上的神仙,西山的王母,南海的观音,快快把水退了吧。

东方微曦初露,天渐渐明了。一夜未睡的女人低头下望,只见男人正伏下身打捞一条黄狗。那黄狗缠在一堆丝网间,幸运地和一块长条木板绑在了一起,现在那木板卡在牌坊的石柱间。黄狗气息奄奄发出呜呜的叫声。

男人费尽九牛二虎之力,把黄狗解开,扯着狗脚一把扯了上来。男人笑得满脸生花:"真是正瞌睡天上就掉下来个枕头,不,是肚子正饿着天上掉下来一块肉。真是天不绝我啊。"黄狗担在横梁上，像一头待宰的牲口，像是知道刚刚脱出危险，又将遭遇什么样的命运。它微微喘着气，可怜巴巴地望着女人，半迷离的眼睛睁得大大的，女人从那双眼睛里看到自己和孩子的倒影。

"大哥——一个活物啊。"女人叹息，又没有底气大声。

"这世上，人才是活物。为条畜生饿死，不值。"男人凶悍地说。

黄狗冲他摆了摆尾巴，扬起，又重重地拍在石柱上。

"大哥，狗脖子拴着东西。"女人突然叫了起来。

男人小心地把黄狗拖过来，取下它脖子上的竹筒。从里面倒出一件牛皮纸。

打开，看过良久，长叹一声："这是条义犬，咱不能吃。"也不对女人解释，他甩手将竹筒扔进水里，转手拿出布腰带将狗捆了个结结实实，气闷闷窝在石柱一角，嘴里嘟囔："义犬，义犬，你家主人对你也真是义气，活着不吃，死了吃你，总可以吧。"

女人心里生出无限敬意，像个母亲，深情地望向那个男人。男人冲她龇出白牙："水再不退，吃完香喷喷的狗肉，就吃你儿子。"看到女人吓得缩身搂紧孩子，他哈哈大笑。

似乎是那条黄狗带来了好运气，水当天下午就开始退，退得很快，像来时那样急，看来下游开了口子，泻了。

男人带着大难不死的黄狗走了，走得头也不回。男人临走前怅惜地对她说，北边还在打仗，他还要往前走，筹措经费和药品，就不能送她回家了。

女人抱着孩子痴痴望着他的背影，直望得眼酸。

17 号通报

雨下得不大，轻飘飘的，从窗口望出去，服务大厅像泡在阴蒙蒙的雾里。

小佘坐在会议室，对着白墙上的镜匾发呆。镜匾雕画着黄山迎客松，玻璃镜面上有朱笔题字："秉公税收，造福于民"。并列悬挂的还有几面锦旗，这些是嵌在历史上的勋章。

纸是单页，A4 大小，抬头印着红字：2012（17 号）《关于＊＊＊有限公司税案的通报》。

余下的文字小佘能背得出来：

"该单位 2007 至 2009 年度期间，未按规定缴纳营业税金及附加、印花税、土地使用税、土地增值税、企业所得税，共计 542016.72 元。根据有关规定，依法追缴税费 542016.72 元，对其处以少缴税款 397356.48 元 50% 的罚款计 198678.24 元，并加收滞纳金。"

小佘瞅着通报发愣。他的文件夹里有这么一份通报的草稿，也就是说，这份通报正是他拟的。

"我看……看……看你怎么解释。"大丰一生气就结巴，这使他更生气。大丰急躁地从兜里掏出烟，抖出一支，犹豫了下，又抖出一支，扔给小佘。

小佘没动。这是无烟会议室，不过他没制止大丰。等大丰一支烟过，他拎起旁边的包，带上那张通报，对大丰说："走吧。"

"去，去哪儿？"大丰问。

"那你为啥来的？"小佘不温不火反问。

大丰不再说话。许多时候大丰很是郁闷，明明是一奶同胞的兄弟，偏这个兄弟就像是个外星人，从来没和他这当大哥的好好说过话，要么是嘴紧得很，吊得人上火，要么是迂回一枪，直奔主题，让人没有地方发火。

他们此行不顺，绕了半个市，才在郊区一家小学找到那个人。那个人来这里刚刚给学校捐了间图书室。大丰一路憋着气，看见这个人，像终于见到亲人一样，他放开嗓子喊："何伯——"

何伯身边围着几个衣衫光鲜的人，一脸风吹日晒的何伯插在中间显得格格不入。但谁不知道何伯是谁呢？何伯扭脸过来，眯眼看到他们俩，惊讶地走过来："你们怎么摸来了？"

"找你，找你，谢罪。"大丰恨恨地让开小佘一步。

"啥罪？"

"别听我哥的，找您来蹭饭的。"小佘笑嘻嘻的。

"通报的事呗，何伯您别计较他。当年您供我俩念书，上学，小佘披上这身衣服，没您当年就没我们现在，这事是小佘不对，所以我带他来了，听您处置。"大丰看到何伯也不结巴了，说得很动情。

他接着转回教训小佘："小子，你说你多没义气，忘了咱当年怎么穷，是何伯给了咱生路啊，你怎么……"

小佘一巴掌拍开大丰的手，淡淡地说："一码是一码。"

"好，你公事公办对吧，那我问你，你们税务这次为啥只查何伯公司，不查其他公司？"

"稽查局选案是根据企业的财务指标、税收征管资料、以前年度的稽查资料以及专项检查计划、举报信息、其他部门转来的信息综合筛选，几率均等，不存在查谁不查谁。"小佘像背书一样，背给大丰听，他不看大丰的脸，不想在这件事上接通与大丰之间的兄弟气息。

"你这不是成心给何伯难看嘛！"大丰气急败坏地嚷。

小佘还是那句话："公是公，私是私。"

何伯哈哈一笑："我当什么事啊。"他瞪了大丰一眼，"要不是这一查，我还不知道公司的事呢，我已经对公司整顿了。大丰我得说你，你得好好补补课啊，违法了，知道不？管理上的知识，你缺啊。你还教训起人来了。当年让你们读书是图你们将来有了出息，造福四邻八舍，有多大能耐使多大能耐。小佘这也是作贡献。收税，查税，为国为公，都为了私，国家谁管呀。"

他胳膊肘一搋小佘："听说你们涨工资了，对不？你得请我客，财政上的支出也有我们这些企业一份贡献啊。"

"何伯，"小佘握紧何伯的手，"理解万岁。"

"刚才学校要我给孩子们讲创业的事，我看这样，不如你来讲讲税收知识，普法咱从娃娃抓起啊。大丰，过来，和我一起受教育去。"

小雨早已经停了，天空绽出亮色，继而一大束光撕破阴霾。天下晴朗。有歌声从操场上传来。

城市中央

有些事不经提，平时总也躲在阴暗处，偶尔不小心从记忆的筛网里漏出来，就像从高空跌下个榔头，砸在脚面，生疼。

"城市中央"，也许就是其中一个破了口的漏洞。之前我并不知道。

半个小时前，火车站的钟楼正在敲响深夜十一点的第一声，嗡嗡的钟鸣像是从一架老旧又结实的巨大风琴里发出，迟缓而沉重地传向这个白雪覆盖的城市。我从南方来，挨不住北方冬天的冷。一下火车就瑟缩着将自己塞进一辆夏利出租车。当车停时，已经来到"城市中央"的门口。

"城市中央"是一家酒店，酒店上方的彩色霓虹是闪烁的绿色丛林。我走进旋转门。

对于一个又累又困又冷的旅行者来说，洗一个温度适中的热水澡，然后有一张松软的床，要求如此而已。但显然"城市中央"不能满足这个"如此而已"。

首先我发现热水不热，在室外零下三十多度的气温下，它所提供的温度远远不能够让人松弛下来。用了三种腔调唤来一张惺忪睡脸，看了看，嘟囔一句便走了，而且一去不回。其次，临睡时我发现门锁竟然没有保险。这一次再没人来。

睡意像一张硕大的网，牢牢将我包裹起来，我一头扎进枕头里。

当意识到自己快要睡着时，身体就像是被抽出了一部分重量，很轻，那种状态很可能是已经进入梦境的通道，不过，我无暇研究，那是弗洛伊德医生的事。

还来不及更多地体验，一阵急促的敲门声响起。门外，是个服务员，扁扁脸上，开着鲜艳的微笑。

她讨好地道歉："先生，对不起，这间房是有预定的，请您换一间好吗？"

"不，让预定的人另外换一间吧，我已经睡下了。"我没好气地回答，同时撇过脸去。这个服务员嘴里喷出浓重的口气，加上周身散发的廉价化妆品味，将我的心情搞得更糟。我的鼻腔对气味有特殊的敏感。

"先生，是我们前台搞错了，我来帮您收拾好吗？"服务员急迫地要挤进来，我手一甩，把她冷冷地关在门外。

又是敲门声。只是越来越小，直到我被拉入梦境的水下再也听不到。

就是这样一个暧昧不明的夜晚，我梦到了我的阿媛。多年来我故意遗忘，又一直深深渴望的阿媛。

她依然美好如初。

她坐在我的床边。她说她恨我，指责我当年抛弃了她。

可是，明明是你大学一毕业就嫁了人。我心酸又甜蜜地在心里反诘。

阿媛在哭。她说她一直在这里等我。

当年你说去去就回，可一去就再也没有回来。有人说你已经不在了，有人说你变心了。我不信。你说要我等，你一定会回来的。我等了九年。越等越要等下去，也许第二天你就会回来。我不敢打你的电话，我宁愿等，也不想证明。

阿媛伏在我的棉被上。有几滴液体滴下来，叮伤了我的皮肤。

多年不见，阿媛的发际、身体混合了一种熟悉又陌生的味道，淡淡地，却又异常倔强地从骨子里冒出来，只有内心浸泡在刻骨回忆中的人，才会散发出这种让人忧伤又甜蜜的气息。

"阿媛。"

我一直保留这个房间，每年都来，在我们约好的几个日子里等你。现在这里就要拆迁了，下个月就会动工，真怕你回来再找不到我。没想到你竟然真的回来了，老天帮我。阿媛偎着我轻声哭泣。

在阿媛的絮叨中我昏昏睡去，她什么时候离开的我一无所觉，像她来时一样，悄无声息地从我的梦境里穿过。

清晨时，我死死盯着卫生间镜子里的面孔，那张面孔的嘴角线紧紧绷向两边，为自己漫不经心泄露出心事而生气。这像是一种妥协。我本该永远想不起并且梦不到阿媛的。

"见鬼。"我决定马上离开这个地方。

雪停了，在早起的太阳下反射出刺目的白光。铲雪车将马路中间的积雪推在路两边。清冽的空气扑进肺里，从"城市中央"的旋转门出来后，我忍不住打了两个响亮的喷嚏。

"汪总早，汪总走好。"一阵彬彬有礼的问好从身后传来。

一道穿着黑色驼绒外套的丽影从我身边闪过。外面的雪色太亮，她像吓

了一跳，在我眼前站住，低头从包里掏出一副黑色墨镜，抬手架上鼻梁，遮住了她那双眼睛。这时，从她身上飘来一股似熟悉又陌生的气息。这种气息闯进我的鼻腔里，让我想哭又想笑。我的鼻子又痒了。

"阿媛。"

阿媛没有回头，甚至没有停留，她疾步而去。我不知道她是不是我的阿媛，或者曾经是，或者根本不是。

"走不走？去火车站。"旁边一个出租车司机从车窗探出头来。

我再次响亮地打了个喷嚏，招招手。

兄 弟 树

小果曾是我最好的兄弟。我们的交情要追溯到五百年以前，或者更久远。在很久远的某一天，我们各自跨着骏马奔驰，在大地的中央邂逅，自此我们就成了生生世世的兄弟。许多个相互讲故事的晚上，我们不断补充这个假想，并为此激动不已。

六月一个没有任何征兆的下午，小果说，嗨，那个琉璃瓶真漂亮。我顺他手指望去，瓶子玲珑可爱，摆在地摊中间，炽白的阳光穿过茂密的梧桐树叶，摇摇摆摆照在上面，嫣红的瓶子里好像盛着会发光的魔水。

我一眼就喜欢上这个瓶子。跑到摊主面前，千叮咛万嘱咐，千万不要把这个瓶子卖给别人。下午有两节课，一节是美术，一节是体育。好不容易熬过美术课，我心急火燎奔下楼，隔着学校栅栏眼巴巴望出去，瓶子还在，我的魂儿才稍稍安静下来。

小果看我志在必得，急了眼，他说是他先看上的。我冲他诡异一笑，临走以手背拍拍他的胸脯，哼着歌儿走掉了。

操场上堆着七八个铅球，同学们一下子欢呼起来。那是我们男生最喜欢的运动器械。只有小果闷闷不乐。小果肯定很生气，上体育课时不理我，故意站得远远的，不多瞧我一眼。

体育老师喊我掷铅球时，我想象是站在奥林匹亚山上，万壑松风，惊涛裂岸。学校白围墙上刷的红色标语："发展体育运动，增强人民体质。"像是人头攒动的观众。我感觉自己在飞高，激荡着越过操场的上方。

这一刻我甚至忘记学校外面的琉璃瓶。这是个秘密，我要买下它送给小果，做我们结拜的证物。

小果家和我家是邻居。我们两家是枝叶相连对对生长的兄弟树。兄弟树出现到我们这代是第三辈，我们的父亲们，我们的爷爷们，都是换过帖的拜把兄弟。他们已是盘根错节的老树，我们是长在老树旁的新生树苗。昨天我和小果商量着也要换帖。

我模仿大卫掷铁饼的样子，盘旋着，继续飞高，在飞翔的高空，用力抛出手中的铅球，我能听见铅球滑破空气的摩擦声。

当我重新降落，四周一片静默。没有掌声。小果古怪地躺着，像一件被人粗暴扔在地上的衣服。铅球在他脑袋的旁边。随后，被定格的时间突然发动，所有的人像疯了一样加速度运动，像电影里的快进镜头。只把我留在原来的空间。

从那以后，我被施了魔法，真就留在原来的空间里。永远没有走出那一天。

第三天，父亲和爷爷把我领到小果家。小果站在桌子上，严肃地望着镜框外的世界。

"跪下！"父亲将我搡倒。

"兄弟，弟妹，要杀要剐随你们！"父亲一脚把我踹翻。爷爷走前两步弯腰想扶，又顿住，一拍大腿，哀号一声："我不管了。"扭头而去。

我莫名其妙爬起身，迟钝地看着小果家。这个我无数次来过的地方，怎么此时屋顶那么高，房子那么旷，所有的家具都脱离了它们原来的模样，疏远得有些狰狞。我像第一次进门的陌生人，打量这个陌生的地方。

小果妈一声"我的儿。"昏厥倒地。

大人们忙乱起来，忘记了我。我才得以重回三天前那个空间。那是禁锢我的圣地，只有躲进那里，我才能自由呼吸，才又重新和小果一边分吃东西，一边讲我们五百年前，或者更久远前相逢的故事。

第二天，父亲又把我拎进小果家。

第三天，又是。

第四天……

第七天时，小果父亲隔着门，哽咽着，说："别再来了，看见这孩子就想起小果。难受啊——"

父亲抱头蹲在地上，号啕大哭。

我被父亲凄厉的哭声吓到了，畏缩着走向前，扯父亲的胳膊："爸，起来吧，咱回家。"

"滚！你这个要命胚子，让我对不住兄弟。"父亲凶狠地瞪向我，染血的眼球喷着怒火。我害怕地低喊"爸——"

"别叫我，我不能做对不住人的事，只当我这辈子没生你这个儿子。"父亲猛扑过来，狠狠掐住了我的脖子……

很多年后母亲都不能原谅父亲。"虎毒不食子啊，要不是小果爸冲出来——"这话作为口头禅出现在母亲每句话的开头。无论有理没理，父亲马上就蔫了，望向我的眼神也是呆呆的，没有精神。

"兄弟，求求你走吧，是兄弟就走吧。"那年终于有一天小果的父亲再次拒绝我父亲上门，"别再为难孩子了，命，都是命啊……"两个父亲，两个兄弟，一个门里，一个门外，泣不成声。

没多久，父亲还没找到赎罪的方式，小果全家就搬走了。

我与小果的世界永远分离。

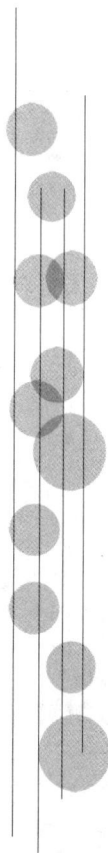

邂逅爱丽丝

爱丽丝回来得很漂亮。谁也想不到她经过岁月的淘洗，游历了大半个世界后，又出人意料地杀了个回马枪，直奔她古老的故乡。那片土地，许多人原以为是她此生最想忘掉的地方。

爱丽丝还是那么美。面对她你不能不赞叹。时光是伟大的雕刻师，任何经不起推敲的都会被它无情剔除，保留下来的，必定材质是像水晶般坚硬的东西。四十六岁的爱丽丝精心保养的肌肤丰润、白皙，浑身浸透着一股优雅的大家之气。接待中心的小马私下偷偷说：到底见过世面，果然气度不凡。

追溯到三十年前，没人会把爱丽丝和现在的她联系到一起。她那时候真年轻啊，十六岁，花儿一般的季节，开得恣肆昂扬又烂漫天真。作为省队花样滑冰最年轻的队员，她已经数度在各种赛事折桂。爱丽丝名气很大，省里参加赛事，她必是当家红旦，重磅武器。这种被全面看好的状况一直持续到她一场比赛归来。

那场比赛后爱丽丝就不爱理人了，训练之外她总是郁郁地独自闷着，有时数小时不见踪影。有一天，队友无意中看到爱丽丝坐在体育馆一处偏僻的短墙上，面朝对面芦苇丛生的空湖发呆，她还穿着练功服，外面仅披着一件紫色短外套。黄昏的斜阳在西方泛着微醉的酡红，打在她那件紫外套上，像是她的身体燃着暗暗的黑火。说不出的诡异。

队员愣了半天，最终没去惊动她。大家都知道她心情不好。还是和赛事有关，爱丽丝失利了，稳稳的第一名竟被同队新队友阿媛夺去。阿媛夺去的不只是金牌，还有教练频频惊喜的眼光和队友羡慕的表情。队里每年总会进几张新面孔，又退出几张旧面孔，新旧交替有时很频繁。体育是项需要有吃苦精神的运动，同时更需要天赋。有的人一出生就败了。教练常这么感慨。

队里每次比赛屡有斩获，是因为有爱丽丝的阿克谢尔跳。这个准备动作完成右后外刃弧线滑行，左前外刃起跳后，需要在空中转体五百四十度，然

后落冰用刃。以前全队唯一能做好阿克谢尔跳的只有爱丽丝。现在有了阿媛。阿媛不知从哪里冒出来的，她竟然也能把阿克谢尔跳做得很好，同时还把阿拉贝斯运用得炉火纯青。阿拉贝斯是一种舞蹈动作的名称，用阿拉贝斯姿势在冰上滑行是一种很优美的动作，而且会增加表演的效果和艺术感染力。教练赞叹不止，说阿媛是个天才，并专门从外面请来舞蹈老师给她开小灶。

自从阿媛进队，爱丽丝连续几次训练竟发挥失常。教练的呵斥让她满心委屈。她暗暗较劲儿，要在那场比赛中扳回局面。结果终是败北。

比赛回来后，爱丽丝时常感到饥饿。队里为了保持滑行速度与水准，队员是被控制饮食的，即使没有要求，为了争取成功她们自己也知道克制。但爱丽丝无法忍受那种空荡。好像有一只疯狂的手，从身体内部撕扯着，时刻要扑出来攫取食物。半夜她常常在冒着酸水的嗝逆中惊醒，胃里像着了火的熔炉。

她好像嘟囔了一下，没人听清她说了什么，随后，有人发现爱丽丝在偷吃零食。

这事惊动了教练，他严厉地盯着爱丽丝。

"有的人成为佼佼者，那是因为刻苦加运气，没有轻易的成功，如果连一点挫折都经受不起，那这个人必是废物。"教练加重语气，"废物是不值得可怜的。"

爱丽丝摇晃了两下，低头不语。

许多年以后，这名教练已经是背驼腰弓两鬓斑白，他仍在后悔当初那些话。他是恨铁不成钢，希望一顿有力度的狠批能警醒爱丽丝——这个他曾很看好的弟子，但他没有预测到那番话会对一个正值心理转变期的女孩子产生什么样的影响。

爱丽丝是在某天下午突然爆发的。训练休息时，阿媛和几位队友站在一起聊天，娇小的阿媛不时发出开心的笑声。也许是那笑声刺激了爱丽丝，她阴郁地侧目倾听。没有人注意到她什么时候出去的，回来时她手里拎着一个桶，满满一桶水散发着冬天的寒气。大家不由住了声，不明白爱丽丝要做什么。

在全体队员的注视下，爱丽丝走到阿媛面前，连桶带水扔向阿媛，并扑过去揪住阿媛的头发，扇了阿媛几个响亮的耳光。这一切都在众目睽睽之下，所有的人都没有反应过来，包括被打者——阿媛。阿媛惊恐又迷惑地呆立当场，随后放声大哭。

那一周体校闹得沸沸扬扬。走了三个人，一个是打人者，爱丽丝，她连一分钟也没有耽搁，被父母送出了国，听说走前接受过一阵心理治疗。一个是被打者，阿媛，阿媛一进训练场就打哆嗦，再无法实现她的梦想。那年阿媛只有十二岁。第三个离开的人是教练。他无法接受一夕之间失去两个天才。

今天，爱丽丝坐在宴会厅的主位，作为投资方，她理应坐在那里。她以前是不叫爱丽丝的。我知道，因为我曾经叫做阿媛。在寂静无人的夜里，当我无意识地舒展四肢，做着在冰面滑翔的梦时，我才记起我是阿媛。

三十年光阴如斧，三十年谁都要经受疼痛的镂刻与磨砺。三十年，每个人过得都不容易。我已经学会不再痛恨任何人了。敬酒时，我与爱丽丝两人从容碰杯，彬彬有礼地微笑，好像从未有过相识。之后，相互转身，把往事留在身后。

疤　痕

　　和谁结伴失踪不好，偏偏和她一起失踪。洛丽恨恨地想。

　　洛丽只记得那女人顶着一头乱蓬蓬的长发，金黄色，在小酒店灯线下，散发着暧昧不明热气腾腾的诱惑。起起伏伏，是萱软的干草垛，是麦秸堆让人昏沉沉的土腥气，是长着一双湿漉漉大眼睛的母牛。那母牛毛烘烘的眼神是无限宽容的收纳和千依百顺的顺从。

　　洛丽当时心里就打了个突儿。这女人的情致像极很多年前拐走她前男友的对手，即便已经和老张结婚这么久，那层失败的阴云仍然时时飘过洛丽的心头。和这样的女人同事，是任何妻子的不安。老张随地质队出去已经整整三天，昨天晚上就应该回来的。

　　洛丽不是随队家属，她带着儿子来探亲。地质队的基地安置在南方这方丛林边缘的小镇。洛丽是在接风宴上见到的那个女人。那个女人离老张很近，谈笑风生，把小酒店逼仄的空间都映亮了。

　　留队的副队长安慰洛丽，说队员们到点儿不归很正常，有时候刚要派人寻找，人已经到家了。

　　可为什么联系不上呢？你们的通讯设备呢？洛丽心里荡着那个女人的长发，语气不由很冲。

　　副队长理解是对老张的牵挂。他挠挠头皮，可能是没电了吧。看来这个年轻人没多少经验的。他也受了感染，望着洛丽，迟疑地说，那，这就派人去搜搜吧。

　　洛丽转身离去，她心里膨胀着怒火。这鬼地方白天还是个镇子，正是香蕉树收获的季节，宽大的绿叶婆娑，风来，摇摇曳曳，一串串绿香蕉沉甸甸倒垂在树上，很有南国风情。只是到晚上太可怕了，稀奇古怪的声音四响而起，屋子好像被不明物包围了，喊喊喳喳，呜呜隆隆，充斥在四面八方。洛丽搂住儿子整夜不敢安睡。

儿子状态却好得很。他迅速适应了南方这片水土，当天下午就和镇上的孩子们玩到了一起。像终于得以释放的囚犯，天天泡在外面。

洛丽想管，管不住。难道把儿子空锁在屋子里，与外面炽烈奔放的阳光隔绝吗？唉，算了。失眠的困乏让洛丽打不起精神。阳光很好，儿子很好，丈夫很好，只有她不好。这鬼地方。洛丽伏在床铺悄悄渗出一些眼泪。

天快要黑了。洛丽在晚饭后碰到副队长，副队长咧开被槟榔染色的牙齿，冲她笑了笑。没事，嫂子，已经派人去了。老张他们那个小组去的地方不很远，他们迟归可能是有所发现。理解，理解万岁。

副队长腼腆地笑着，洛丽无法，也抬脸提起一个笑容。

丈夫没有回来，儿子也没回来。洛丽四处寻找不到，有些气急。街上熟识不熟识的人和她打着招呼，有些是地质队的成员，有些是家属。在这个远离都市的基地，地质队无异是一个小小的部落。

小坏蛋，看找到你怎么收拾你。从彬彬有礼的目光中穿过，洛丽忍不住咬牙嘟囔。

小坏蛋被堵在屋子里，被堵在里面的还有几个更小一些的小孩。他们呆愣愣望着门口那个女孩。女孩粗壮的身子挤在门边儿，左手叉腰，盛气凌人地看管着她的俘虏。

怎么回事？洛丽走过去。

女孩转过身来。洛丽倒抽一口冷气。这炎热的天气每个人都穿得很少，洛丽看得一清二楚，这女孩脸上以及胸脯受过很严重的烫伤。一片突起的粉色疤痕，与正常褐色皮肤接壤，泾渭分明，触目惊心。更让洛丽心惊的是，她分明从这年龄不大的女孩脸上看到另一双眼睛，另一张面孔：那张面孔的女人头上顶着一头乱蓬蓬的长发，金黄色，在小酒店灯线下，散发着暧昧不明热气腾腾的诱惑……

这分明就是那张让她如鲠在喉的面孔。

啊，那女孩儿右手还持着一根木棍！洛丽不容多想，心头的怒气压过惊惧，她冲上前，一把夺过女孩儿手里的棍子，冲小坏蛋们喊：快跑！

屋里的孩子们怔忡片刻，蜂拥而出，眨眼就跑得一干二净。

喂！从院外传来一声喝，那个有着母牛一样眼神的女人扑了进来，只是这会儿她更像母狼。你怎么欺负一个孩子。女人生气地指着她，像要把人撕碎活吃掉。

洛丽又急又窘，忙扔掉木棍：不是这样的，刚刚见她拿这个吓唬一些小孩子。

转眼，那女人像被洪水冲垮的堤坝，刚还恶狠狠的眼里流露出无可奈何的忧伤：大嫂，孩子没恶意的。她爸和我都忙，没时间陪孩子，受了伤，没人愿意和她玩。孩子闷，想找人玩，不懂事……

女人搂住伤痕累累的女孩，宛如两棵可怜伶仃的小树。

洛丽感觉自己像踏在人家不幸的伤疤上，重重给了人家一脚。她仓皇逃离。

嗨，我回来了。老张一脸疲惫从屋里迎了出来。发现一处油脉，耽误了时间。

洛丽呜咽一声，一头扑了上去。

假期结束时，洛丽晒得黝黑。老张惊讶地说，阿丽，你现在差不多和队上的人一样了。

不好吗？

现在她和基地所有的孩子成了朋友，每天带着一帮孩子四处疯跑。

假期结束时，在家的地质队员全体送行，洛丽郑重地和"长头发"握手，赞美道：你的头发真漂亮。

咳，嫂子你不知有多麻烦，天生自来卷，一长就像个疯子，正痛苦着呢。"长头发"呵呵笑得毫无心机。谢谢嫂子带我的孩子玩，现在她开朗很多，已经吵着要复学了。

洛丽笑了，笑得很灿烂，很早前心上那块伤疤烟消云散。看看别人的痛，那点子伤又算什么呢？还好老张不知她曾经想过什么。她在手腕套了一条红丝线，丝线上串了一副碧绿的小玉锁。没事时，洛丽常常抬起手臂在明亮的光线下打量，有时会想：这样晶莹剔透的玉锁，大概只有一把叫"信任"的钥匙才能打开吧。

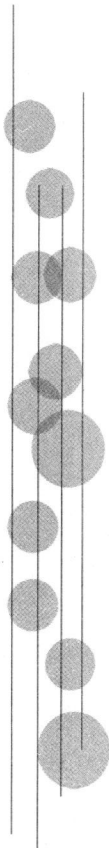

一个女人

吴小倩结婚那天彻底被吓住了。婆家几个彪悍媳妇围在她左右，像是几尊护法金刚，呼呼鞭炮一响，她们架起她便跑。尽管之前婆婆叮嘱过她，说是老家"抢亲"的规矩，就是个形式，吴小倩还是受惊地大喊："张森林呢？张森林呢？"

于是，这句"张森林呢"就成了村里的笑话，广为留传。村里人笑，家族里笑，门里门外都是笑，只有张森林不敢笑，他笑吴小倩就打他。

"张森林，是不是有人笑你娶了个不懂事的小媳妇？"在老家折腾完婚礼，返城的火车上吴小倩问他。

"哪有，人家是开玩笑，说你懂事又漂亮，羡慕我娶了个好老婆。"

"真的？"

"当然是真的，硕士研究生，大大的女秀才，那可不是吹出来的。"

"我怎么觉得你是哄小孩儿的口气？"吴小倩怀疑地问。

"我哪里敢，你现在可是我领导。"

吴小倩嘻就笑了。脸上刚见睛，转眼又苦恼了："那这'张吴氏'什么时候换掉？"

张森林疑惑地问："什么'张吴氏'？"

吴小倩抬起脚上的鞋，簇新的鞋垫上垫着一张黄表纸，上面写着"张吴氏"。

"哇。你还穿在脚上啊。咱妈没和你说，回到洞房就压到床底下？"

"啊，我不记得了。"吴小倩大惊失色，"不会妨碍什么吧。"

"不妨碍什么，就是要臭死了。"张森林搂住她大笑，"你现在是个臭娘子。"

……

以上这节引自吴小倩的日记。日记特别注明，那天张森林呼她臭娘子之后，被她"暴打"一顿，最终改口叫她"小娘子"。

"小娘子"吴小倩没多久便成了准小妈妈，在小日子里悄悄腆起了肚皮。

做了准小妈妈，吴小倩更显出十足的娇气，左右文化馆里日子清闲，便半推半休了起来，在家天天扶着腰，像模像样地做起了孕妇。

一早儿醒来，还未睁眼，蒙蒙眬眬中就喊"张森林——"

于是，张森林就成了她的厨师，她的餐桌，她的餐巾纸。如果出门，张森林就是她的司机，她的保安，她的保姆。反正，张森林现在是她的全部。

有天，很炎热的一个中午，张森林下班回来很疲惫，厨房里锅冷瓢凉，心里不由一阵生烦，又听见吴小倩喊"张森林——"

张森林忍不住讥讽："少奶奶，您还是请个奶妈吧。"

吴小倩一下子愣住了，大肚子一半在卧室门内，一半在卧室门外。她望见对面镜子里的自己，曾经秀色可餐的容颜苍白臃肿，皱巴巴的孕妇装邋里邋遢裹在身上，蓬头垢面活像个鬼。她对着镜子伤心地哭了起来。

张森林又气恼又心痛，忍着气去哄。好不容易哄住，他不由恨恨地怨："我真是上辈子欠你的，你什么时候才长大，像个女人啊。"

"我不是女人吗？不是女人能怀上孩子？"吴小倩掐他一把，"气糊涂了吧。"

"唉，你呀——"张森林无可奈何地叹息。

吴小倩也在心里叹息。她明白张森林指的"女人"是什么，她又不呆，好歹也是读过几年书。只是，书读多了是不是真的误人？这些年，她从爸爸妈妈的福窝里，全无悬念地被送进张森林这个福窝，中间这一课没人告诉她怎么从"女孩"过渡为"女人"。"女人"，究竟要怎么去做呢？她忧心忡忡望望镜中的自己。

转眼秋天要到了，还有两个多月小宝宝就要出生。吴小倩觉得苦日子终于要熬到头了。这天张森林父母打电话要张森林回去一趟，吴小倩在市里闷够了，也想出去走走换换心情。张森林给她闹不过，只好同意，只是叮嘱她不可以乱走。

自从上次婚礼闹出笑话后，吴小倩极想在张森林老家人面前扭转乾坤，改变人家对她少不更事的印象。

但老家这帮人似乎来者不善，回家后，人家早在等着张森林。吴小倩听出大概意思，是有一条铁路要征用老家的土地，据说会有一笔数目不菲的赔偿款，张森林这一支与家族其他亲属在土地所有权上不是很明确，大概上一辈人从没想到有一天会分得这么详细，真的是寸土寸金，利害相关，难怪在吴小倩看来这帮人个个含着煞气。

一言不合，叔伯兄弟各说各有理，急上来就动起手。

吴小倩看有人推挡她丈夫，就出来讲理："这是我家，这是我家，有理大家去法院讲。"

"老爷们的事，你多什么事。"那人骂。

"怎么不关我的事，我是张吴氏。"吴小倩理直气壮地挺起肚皮。那人愣了愣，瞪着她不可思议地讪笑。

张森林喊她："没事，没事，回屋去，回屋去。"

说话间，那厢就有人摔了茶杯，这声碎响像一声不祥的号令，屋里所有的男人都疯了眼，扭在一起动上手。

张森林要跑过来护住媳妇。吴小倩犹在跳着脚叫"去法院，去法院。"猛然她看到一条板凳对准了张森林，她惊呼一声，来不及想就挡了过去，随后，她心里和肚子里同时一阵疼痛。她突然知道了什么叫"女人"。

"当女人，真疼。"她忍不住苦笑。

那天县医院收诊了一个清清秀秀的孕妇，夜里接生出一个不足月的男婴，婴儿平安，孕妇没有保住。

张森林喊过她'小娘子'后问她，你为什么要嫁给我？

当然是因为你好欺负呗！

还有吗？

有啊，嫁给你就可以天天欺负你了！

一直记得你

女人一下车，就把自己关进县城宾馆的浴室里。浴室笼罩在浓浓的白雾里，女人站在花洒下，弥漫的蒸气将她淹没得只剩下一条若隐若现的影子。

水温很高，喉腔灌满热烘烘的铁锈味儿。这里的水质不好，只有泡上清苦的大叶子茶才入得了口，这她知道，只是这会儿谁会爬上将军坟给她采呢？那得穿过丛丛的乱荆棘子哟。

迷蒙间女人神思恍惚了，她缓缓探出手，要抓住将军坟山腰处那个卖力爬坡的背影，那背影身上的白衬衣湿得精透。那件衬衣领口长年被汗碱浸得发黄，其他人的领子早变得软塌塌的了，可它还是挺括的。

当年村里几个年轻人约着去赶集，在集上每人买了件这样的衬衣，其中一件就落进了她的手里，时时被她检查有没有变脏，有没有沾上油星点子，有没有蹭上黑灰，她几乎是急切地寻找一切借口为它清洗。他笑她说这衣服穿不烂也要被她洗烂了。洗烂了俺给你补，她脱口而出。突然她羞红了脸，想想不对，在她们老家流行一个说法，除了兄弟姊妹外，只有嫁给这个男人才能给这个男人补衣服。做啥补啊，直接买新的呗。他大咧咧地笑，俺现在跟着建筑队打小工，能挣钱了，再不用穿破衣服了。哪天给你也买件。他的眼光火辣辣的热。这次她远道回来，就是为了寻他，或者是为寻若干年来始终萦绕在她心上的那扇窗，那扇将她与幸福感隔离的窗子。

女人离开宾馆后招了辆出租车，一路空着脑子望向窗外。从县到乡再往村走，这一路光景乍看今昔两重天，可细细观察，女人还是依稀看到她离开前的样子。从这些端倪中，女人波动的心渐渐平稳下来，胸腔里开始一口一口呼吸到家乡的味道。

如果不是那个抹着香脂粉儿的女人出现，她不会离开这块土地。这么多年了，女人每每想起都会怨恨不已，在经历了风风雨雨后，才发现平静地与喜欢的人朝夕相处是多么幸福的事啊。当年所有人认定他们是一家人时，有天他穿着西装打着一条红艳艳的领带从外面回来，身后跟着个脸儿抹得白白

的女人。她在他家热闹的门前瞥到了那张白脸蛋。村里一夜传开他在外面拾回个城里媳妇。第二天一早她就走了，投奔市里的二叔，后来又去上海下广东，全国各地乱跑，结了一身的硬皮。有时候她暗暗思量，当年是不是个误会？只是有些事迈出第一步就再回不去了。她只知道，她心上从那时起就有了个洞，想一想就疼。

村口转眼即到。入村的路两边儿是玉米地，遮天漫地的玉米秸结满金灿灿的穗子，勾得女人不由溜下坡，想掰一个闻闻，放进嘴里嚼嚼。

突然，一个粗壮口袋猛然冒了出来，吓得女人惊呼一声，定睛一看原来是个在田里解手的妇人。此时妇人正沉着一张榆皮老脸，一手揪裤带，一手握铁锹，冲女人怒目瞪视。

你干啥嘞！

我，我是过路的。

哦，吓俺一跳，你是不是也要解手？俺给你看着。

不了，大娘，向你打听个人儿。女人小心地问。李得旗是你们村的不？

你找他做啥？俺就是他老婆！

女人目瞪口呆。

妇人仔细打量她，警觉起来，皱纹横生的脸上慢慢升起了怒意。

没啥没啥，他远房的一个亲戚让我给他家捎点儿东西。女人窘了半晌，挣出这么个借口。她扑回出租车胡乱拿了一兜东西，塞进妇人手里，转头逃去。

女人的眼前一直晃啊晃，晃动着一张白白的抹着脂粉儿的脸。

俺知道你是谁了，早年俺家那老东西书里夹着一张你的照片。那妇人怔了一阵，然后激动地叫了起来：你还那样，没变——

你认错人了，认错人了。女人冲后面乱摆手，一路跑上了坡，临上车时崴了脚，打了个趔趄。快走，师傅，回县城，给你三十。

妇人在身后哈哈大笑。

你还像个妖精，没变，俺一直记着你！妇人咬牙切齿地喊。

好日子，坏日子

好日子时她想起风，坏日子时她想起雾。风带给她轻舞飞扬的感觉，雾让她有被包围起来的温暖。所以她总也拿不定主意到底是风好过雾，还是雾超过风。

风是大学同学，雾是一家私企职员。

有时候好日子多，有时候坏日子多，好日子时她想风，坏日子时她想雾。风在大学毕业那年飞向南方，雾在认识她之前，在一个下着毛毛雨的秋天娶了他的新娘。

风刚到远方时不免想家，就打电话，发短信，也不说什么，有时候手机铃声响两下就断了，她翻翻未接电话是风，也不回，下次等它多响两声时再接。她与风就这么牵扯着。

雾娶的新娘是某部门高管，很精干，又有品味，所以总能挑剔得出雾的不足，时间久了，雾挺烦恼，烦恼久了忍不住就向她诉说，她就边呷茶边听，不评论不总结，安静得像墙上的蒙娜丽莎。有一天，雾喝多了，说，如果当初娶的是你多好。她飞快地瞥他一眼，答，那也不过是红玫瑰与白玫瑰、明月光与蚊子血的关系。哈，你真是张爱玲的知己。雾笑了，微微醉意的目光雾蒙蒙的。

风飞得久了，就累了，累了就不再往遥远的北方传递消息，深秋到的时候，树上的叶子几乎一夜落尽，铺在地上是很绚烂的街景。她想，这时候风可能很甜蜜很安宁地坐在街心公园的长凳上，怀里依着一个长发女孩儿。风偏爱留长发的女孩。第二天，她把头发剪短了。

你是不是还在等他？雾疑惑地望向她的短发。

我谁也没等。她睃他一眼。

冬天转眼即来，坏天气多得胜过好天气，不太糟糕的天气总是起雾，雾气里凝着水凝着烟，不轻也不重，包裹在身上像是有又像是没有，比没有多一些，比有少一些，像是有着隔阂其实又是一个整体。

雾来得勤了，常找她说话，有时刚刚放下电话没多久，他又打来一个，雾说他恋爱了，回到了二十岁，其实他现在离二十岁也没多远。他说在"里面"待久了一天就好比十年，"里面"，她懂是哪里。

有雾的时光挺好，容易让人忘记起风的日子，早晨起床打开电视，一夜未休的节目欢快地一跃而出，多有活力啊。拿着小锅，穿过空气清冽的衔道，穿过两旁高高大大的梧桐树，带回新鲜的豆浆油条时，衣角还留有室内的微温。

她开始喜欢有雾的天气，安全、神秘，与心灵有关。这让她想起小时候姥姥家的大炕，和从姥姥梦吃的嘴里流出陪她一夜一夜长大的神话故事。有雾的时候她就想睡觉，即便是醒着也和做梦一样。

雾是极容易蛊惑人心的东西。

可雾又确实是没有实质形体的物质，淡时更进一步是个浓，浓极更进一步就成了黑夜，黑的夜里看不到雾，也看不到自己，连影子都跑得远远了，然后就又是个"淡"。雾说，他喜欢《连城决》中凌霜华的"人淡如菊"。她说她也喜欢，那是因为她从没看过《连城决》，有一天她专门找来看过，掩卷无语，她开始怀疑雾也只是听说"人淡如菊"这个词而已，所谓"人淡如菊"，是无可奈何的争取，被压抑的激烈，骨头里刺着针的微笑。

雾被她质问得低头不语。

过元旦的时候，天空蓝得出奇，这似乎给大家一个假象：冬天已经过去，春天提前来临。这一天，无风又无雾。或者浓烈的风与雾只不过在她心里存在过，因为加了人为的感想，所以风起，或者雾现，或者好日子，或者坏日子。

其实日子的本来面目就是不好也不坏，对不对?!

奔奔的世界

几番目光交战，那孩子怯了，败下阵来。揉揉鼻子，自认倒霉地走了。他把一张钞票掷给吧台，老练地抓起号牌。

那个叫"咪咪"的Q友不在线，却给他放下一堆留言。有些他懂，有些不懂，甜腻腻的，让他心里像被针挑了似的，说不清是哪儿疼哪儿痒，真想哼哼。换作平时，他就回复，也说些似懂非懂半真半假的话，刚发送过去，有时候"咪咪"就蹦了出来，搂住他又是抱又是啃，热情得像邻居家养的哈皮犬。

但今天他不高兴，谁也不想理，戴上耳麦玩起他的"梦幻西游"。

今天一早儿他就一肚子气。老妈一边在卫生间涂抹，一边大声和老爸商量，说："放暑假了，抽时间赶紧把奔奔送回老家。"

奔奔是他在家里的专属名字，正像邻居家的哈皮叫"赵丁丁"。他一听就火了，觉得自己好像是件行李，任谁想提到哪里就是哪里，还不如赵丁丁，想往哪里溜都要事先和它说说好话。

"奔奔，你妈是想让你体验体验农村生活，熟悉下你爸小时候生活的地方。"老爸在卧室打着领带。

"老爸，天这么热，你打领带热不热啊。"

"啊？"老爸没想到他突然转移话题，本来想好的一肚子劝慰之词，一时没地方安放。

"最近美容院生意好得不得了，我这里实在是提不出空儿管他，你过两天又要出差，要不你出差带走他得了，免得在家惹祸。"

"妈，讨论我的事，你能不能和我说话？"他在客厅里跺着脚。

"这不是在说嘛，一会儿你爸就要走了，别打岔。"

"我看不行给奔奔报几个培训班好了，又提高了学习，又有地方看管孩子。你说呢，奔奔？"老爸探出头小心翼翼地望望他。

"我、不、上、培、训、班。我又不是一条狗，我不用人看管!"他大发雷霆，甩门而去。

他有手机，有钱包，有一辆很酷的捷安特，现在还有了安身的地方，在这里他有朋友，有游戏，饿了招招手网吧的人会送来一份盒饭，只是，他心里怎么那么地空啊，空得像没边没沿的无底洞。

这究竟是为什么?!

爸妈总是没有空，他和赵丁丁玩的时间也比和他们在一起的时间长。妈妈生意好时又一天到晚泡在她的美容院，生意不好时天天在家冲他发脾气，比较之下，奔奔希望妈妈生意兴隆。爸爸总是出差，从南到北，没完没了。偶尔的空闲又出去应酬。二年级时，有一晚他坚持不睡觉等爸爸回家。那夜是满月，空荡荡的月光水洗似的清亮，不断、不断、不断地漫上来，想要吞没他。他硬撑着，一直守着，坐在写字桌前看漫画，最后漫画里灿烂的世界一把将他抓住，拖入梦乡。后来他又试过几次后，就不再等候爸爸。

屏幕上是热热闹闹的游戏，打打杀杀，杀杀打打，走不尽的迷宫，探不尽的险。蓦然，一句流行的句子爬上心头："哥玩的不是游戏，是寂寞。"他在这一刻第一次有了伤感的感觉，空空荡荡，无限寂寥。这一刻，他怦然心动，仿佛对某些秘密有了惊人的洞悉，他想保留得更久些，所以这一刻他谁也不想理。

不理是不现实的，电脑没费了，在提示了几次后，毫不容情地关机了事。他口袋里没有钱续费，只好怏怏地走出网吧。

大脑还挂在时间的空洞里，一肚子火没地发。未及转弯，一个人直撞向他，他一把抓住，是刚才被他挤了位置的小子，他怒气冲冲，迎面就是一拳，然后紧接着就是拳打脚踢，骂道："找打是不是，不服气是不是? 打啊，打啊!"

他不知打了多久，直到被人拉开。他看到地下躺着的人血糊了一脸，自己拳头和身上也是血迹斑斑，他惊恐地弹起身，望着周围一双双惊惧的眼。他想说些什么，但口干得厉害，终是什么也没有说出口。他转身离去，他希望有人拉住他，问问他为什么，或者直接打他一顿，但没有一个人站出来。

走进小区，门口逛着赵丁丁，一见他，狂喜地扑过来。他一脚踢去，赵丁丁飞出去半米，落进了灌木丛中。赵丁丁的"妈妈"邻居张姨气得要死，骂他："着了鬼了!"

他心里硬得像砖，冷得像冰，打开防盗门，轻轻关好。老爸和老妈早走了，屋里空荡荡像渺无人烟的荒漠。他坐到自己的学习桌旁，像打量陌生人一样打量自己的双手。

忽然一阵"哆哆"敲击玻璃声，他抬起头，一只麻雀守在窗外，摇摆着灵巧的小脑袋，用一种探究或悲悯的神情与奔奔对视。

奔奔哭了。在空寂的房子里号啕大哭。今天是他的生日。十五岁的第一天。

接访手记

　　一大早儿被堵在单位是令人不快的。尤其是临近年关，作为综合部门办公室杂事更多，还要应付年终各项考核，这么七跑八颠的，副主任老刘忙得焦头烂额。据市委办公厅一哥们儿透露，纪委组织一帮人正在下面明察暗访，带着隐蔽式摄像机。注意了。老刘点点头。可现在他被堵了。

　　堵他门儿的是一个老头儿，七十来岁，满头白发，超短，硬棱棱的，像倔强的野草密密匝匝开在褐色头顶。对这老头儿老刘可不陌生，近几年这老头儿可是机关里的常客，只要是工作日，一周总要来打几回交道。什么问题？上访。现在上访可是各级机关头等大事，尤其是市直机关，尤其逢年过节，轻易不敢马虎大意，有理没理都要先接了访再说。老刘负责信访，老头儿就找他。

　　要上访什么呀？

　　反映问题。

　　反映什么问题啊？

　　我受冤枉了，要平反。要组织上开证明，提高我的政治待遇。

　　老刘从记录簿上抬起头，认真盘算盘算对方的年龄：哪一年的事？

　　1979 年。

　　老刘放下笔疑惑地重复：1979 年？

　　接下来老头儿开始了他零零碎碎的讲述，当然还有后来无数次接触后的补充，老刘总算明白了其中的原委。这位老同志说，在"文革"后期沾了点儿冲击，莫名其妙戴了帽，在后来大批人员摘帽时，公布的名单里偏偏没有他的名字，问情况，有关人员说本来戴帽子的人里就没他。后来不了了之，又糊里糊涂退了休，怎么想这事怎么闹心，现在要求组织上给个正式平反的证明。其实事情比较简单，可物是人非，许多事情早不存在了，怎么处理啊？

　　任老刘怎么解释，老头儿就是不听，还挺能折腾，上访到市委、市政府，结果信访局打电话要老刘单位去领人。务须安抚。信访局说。

今天老头儿又来了。一进门儿先说楼道有烟头儿，大白天的走廊开着灯。老刘起身拿一次性杯子给老头倒了杯茶，在门口儿喊通讯员把烟头儿扫了，灯关了。平时老刘脾气挺和顺，今天心烦，声音就大了点儿，故意给老头儿听。

上来还是那些话。要平反，要证明，要带红头文件的证明。老刘哭笑不得，瞅瞅他这么大年纪，又实在说不出别的，真要给他闹起来，这面子真没法儿搁了。

正扯东扯西，几个人推开半扇门儿探头探脑，老头儿立马起身，冲人嚷嚷，做什么的，来机关有什么事？找人？找什么人？有证件没？把证件拿出来。走廊里逆光，老刘眨眨眼才认出这伙人里有在市委院儿里见过的。他慌了神儿，拉住老头儿往屋里搋，并歉意地向来人连连点头。来人没停就走了。

老刘终于耐不住，数落老头儿，您瞧瞧您都这么大岁数了，天天往外跑就为了猴年马月的一点儿屁事儿？有多少人当年受的冤屈不比您大？现在还不是照样好好活着？有孙子了吧，有空儿多陪陪孙子四处走走，享受享受天伦之乐，实在不行您溜溜鸟儿，打打太极拳，一个月两三千块钱的退休金，生活质量多好，可现在把时间全浪费在没必要、不可能的事情上，您说多不划算啊，再怎么说这也是一级机关，每天有处理不完的公务，您天天这么耗着实在是——老刘说不下去了，唉，这么大年龄了，说什么好啊。

老头儿默坐半晌，呷了一口已经凉下来的茶，起身走了，挪到门口向老刘唔喃一句：这么多年了，就上班这条路走着顺。

转过门时，老刘觉得老头儿的身子一下子老了很多。他没心劲再想，机关里的事多着呢，先向主任汇报刚才的事吧。

那伙儿人果然是明察暗访的，隔几天就在日报上通报一回，那天的报纸照例通报哪个哪个部门纪律松懈，人员缺岗，之后明确表扬老刘他们这个单位，机关卫生干净，门岗制度执行得好。主任说，得感谢上访的老头儿，好像姓谢。

谢是得谢他，可拿上访当上班谁也吃不消。老刘笑了。

说话就过了年，转眼就又到了夏天，大街上花红柳绿的处处透着安康吉祥。

机关调整处室，增加了个老干处，老刘出任处长。没想到接手后第一把火竟是给老谢写讣告。老谢一春天没来上访，没想到竟然走了。

老刘在落款处摁上局老干处红红的印章，望着讣告上老谢花白头发倔强的脸，一阵欷歔。一阵欷歔。

合欢花开

七奶奶嫁过来那年，正是合欢花盛开时节，村口那棵合欢树彤云密布，朵朵绒球绯红绯红像点透了胭脂。七奶奶的轿子，就是踏着这粉艳艳的花毯，一路吹吹打打进了杨家大门。村里人说，好兆头啊，这棵合欢树七八十年没开得这么壮大，七爷的病一定能冲过来。

七爷，排行老七，家境殷足，可天不假年，还没等那个秋天走完就不在了，七奶奶宛如还没有开够花期的合欢花，便被重重锁进匣子里。淡淡地守着七爷留给她的院落过日子，来往于人前她总是低垂着眉目。

转眼冬天来了，苍茫茫铺天盖地下起雪，一下就是数天，杨家村在白雪的覆盖下蜷缩起了身子，村民们窝在家里懒洋洋地烤着火，户外全托给了老天爷。直到有天黄昏，保长家大狼狗的叫声，和咕咚咚杂乱的奔跑声，惊碎了这片沉寂。

保长站在空场，黄翻毛靴子踢得脚下的雪飞飞扬扬，他眦红着眼满嘴酒气，手里扯根绳子，绳子另一头像套狗一样套着村民狗剩。

"大家都来看，偷东西的贼，竟偷到我头上了，说，整整一口袋粮食，弄哪儿去了？谁叫你干的？"保长恶狠狠吼，抖动绳子，拽得狗剩直打趔趄，他家没拴链子的狼狗冲人群汪汪狂叫。

狗剩面色焦黄，护着头身体抽成一团，仿佛那层破烂棉衣能替他挡住些羞辱与拳脚。

"说！"

"是——"狗剩畏畏缩缩瞅向人群，"是七婶子叫俺干的，教俺把粮食换成钱给媳妇看病。"他一眼望到七奶奶，像见到救星喊了起来。

村民们眼光齐刷刷投去，包括保长，论辈分保长管她叫婶，而且七奶奶本家兄弟在县衙当差，没人敢随便说她闲话。

七奶奶惊怔了，身子如被雷击般闪了闪，她迅速盯住狗剩，又扫下周围，看到了人群中面色发青的公婆。她脸色煞白，愣了好一会儿，然后冷冷瞟了眼狗剩,对保长说:"去我屋看吧,看哪个值钱随便拿。"

人群一阵骚动。

保长最后挑了床绸面新被,是七奶奶的嫁妆,还没盖过。临走斜眼瞄着七奶奶,故意掂掂怀里的被子,嘿嘿笑了两声。

那天又是一夜大雪,窗棂子上结了厚厚的冰花。

天亮时分雪停了,七奶奶起来后发现门外干干净净,门口跪着一人,是狗剩,"婶子,俺不是人,昨天是逼急了瞎说,俺想没人敢欺负你,有你挡着这事儿就算了了,俺不是人,给你惹事了,你打俺吧。"他哭成泪人儿,"要不是孩子娘病重,俺也不去做那事,更不会……"

七奶奶看他说完,淡淡地转身回了屋,什么也没说。

后来,七奶奶身边儿多了个小人儿,狗剩的三丫头,今年五岁,聪明伶俐,给七奶奶静滞的生活添了几分活气儿。

三丫陪着七奶奶说话,搂着七奶奶睡觉,听七奶奶讲古人的故事,她欢欢喜喜待在七奶奶身边,和七奶奶在一起,比她那有六七个兄弟的家要快乐得多。她最喜欢听七奶奶念诗,每次听七奶奶念那首"涉江采芙蓉,兰泽多芳草。采之欲遗谁,所思在远道……",就会在眼前幻出幅图画:一条弯弯小河,哗啦哗啦唱着歌儿,河两岸漫天漫地长满兰花。她问七奶奶这首诗什么意思,七奶奶没有回答,双手捧着一块玉呆呆地瞧,一瞧就半晌儿。

三丫有天晚上被一泡尿憋醒了,四处乱摸没抓到七奶奶。她趿拉着鞋奔外屋找马桶,突然听到七奶奶的哭声,并看见七奶奶把一个人推出门:"你走,你走,你前年说一开春就来接我,可现在人都嫁了快一年你才来,还有什么用……"七奶奶压抑地抽泣,让这还没逃过春寒的天愈发地冷,三丫狠狠打了几个寒颤。

五月,村口那棵合欢树又开始开花了,又是一树红艳,似乎要把前几十年没有开尽的红,一并补偿出来。

三丫最喜欢去捡合欢花,拾回来交给七奶奶,七奶奶小心翼翼用细针串成花环,戴在三丫头上、脖子上、手腕儿上,远远地三丫就像朵粉嘟嘟的大合欢花。这时候七奶奶就会笑眯眯的,亮亮的眼睛弯成月牙儿,白皙的脸上一下子迸出阳光。三丫发现七奶奶笑得真美,比她妈妈美,比村东翠姐姐美,比天上人间任何一个谁都美。从那时起三丫格外喜欢起合欢树开花的季节。

三丫的幸福生活没有持续多久,伴着由远到近轰隆的打炮声,日子开始有了忧郁的颜色。"鬼子来了",这个消息浮荡在杨家村上空,沉甸甸如一颗随时会爆的炸弹,使惊恐的村民隔三差五涌出村子,四处奔逃。

　　这天，村里人跑走又跑了回来，他们聚进七奶奶院子，从家家都备的小地窖里掏出三丫，她已经饿得不行了，哆嗦着身子，手里死死攥着一块玉佩，有人想拿过来看看，她被咬了一般尖叫"七奶奶给俺的，七奶奶给俺的……"。

　　鬼子真的来过了，七奶奶的房子已经变成瓦砾堆，这里曾发生过一场大火，一连烧了三天，残垣断壁里还有几处没有烧尽的火苗儿。三丫说，那天七奶奶病了，跑不动，就把她藏进窖子里，并塞给她这块玉，在外面踹门声响前，自己点燃了一把火……

　　第二年，春天再次来到杨家村，村口那棵合欢树下站着一个梳揪揪辫的孩子，她眼巴巴望着蔫头耷脑恹恹不振的树冠，等啊等，等了一季又一季，始终没有等到合欢树再开出粉艳艳的花。

　　三丫是我奶奶，那块玉后来传给我做了嫁妆。玉是翠绿的交颈鸳鸯，很精致。

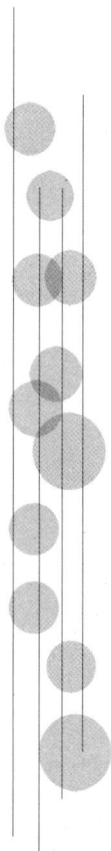

天堂的来信

肖扬觉得自己这两年真是霉透了，先是老父亲的亡故，然后是老母亲的瘫痪，现在又是妻子检查出得了晚期乳腺癌。医生说妻子的生命至多只有半年，除非出现奇迹。似乎命运之神打定主意要狠狠地将他为难到底。

癌变的消息并没有瞒过妻子，一向坚强的她明显萎靡，并拒绝再接受化疗。肖扬多少次见到妻子目光散乱呆视一个方向，一坐很久，整个人空壳似的与世隔绝，思想飘浮在他所不知道的地方。每当出现这种时候，肖扬都会感到无可奈何，不由想到很久以前见过的一句诗："我被排除在你心门之外……"

这让他烦躁，不过还有更让他烦恼的，是他曾经的"红粉知己"，像变了个人似的，不断要求他做一些难度颇高的事情，这让他很头疼，常常会在梦里惊醒。

夜来了，难得的宁静，一家人安守在一起看电视。一阵电话铃声骤然响起，妻子随手拎起话筒接听，肖扬突然有种不好的预感，脑袋里的各种血管全部抽紧，像突然被搁置在真空状态中。

"喂？哪位？嗯，嗯……"妻子把电话递过来，没有多说一句话，眼睛又转向电视。

是那个女人，肖扬满腔怒火又无可奈何，他第一次知道了什么是欲哭无泪的悔恨。今天下午已经说好上班时间再谈，怕她再找还特意关掉手机，谁知她竟把电话打到了家里。

"哦，哦，这件事明天到单位再谈，嗯，嗯，嗯，就这样吧。"肖扬匆匆挂掉电话，"一个同事，谈点儿工作。"他下意识地向妻子解释。

"嗯。"妻子像是沉浸在广告中，眼睛没有离开电视一寸。

睡到半夜，肖扬又被那种喘不过气来的梦魇惊醒。

客厅的小灯还亮着。电视已经黑屏，妻坐在灯下，还是他睡前那种姿势，只是在抽烟，一团团烟雾将她包裹着，几近透明的脸孔浮在其中若隐若现，神情间透着一股妖异的神秘，像是来自于另一个世界的女巫，眼神定定的很专注，盯在人所不知的某个地方。

　　肖扬觉得自己像个闯入者，无意中踏入了一个不属于他的世界，他突然对妻子产生了一种莫名的恐惧，心里怦怦乱跳。这一夜，妻子通宵未睡，肖扬也通宵未睡，他躲在卧室的床上，瞪着眼睛直到天亮。

　　接下来的日子就像是数着来过，妻子一点儿也不麻烦，吃药、打针、输液都自己来做。有时肖扬看到妻子费力地自己在手背上找静脉，想帮下忙，但都被无言地拒绝了。即使是家务，只要她能办的，决不让肖扬来做。

　　"我被排除在你心门之外……"这句不知在哪里见过的诗，一次又一次涌上肖扬的心头，他不知道如何才能走进那扇门。

　　该来的如约而至，祈祷了无数次的奇迹没有发生，妻子还是走了。回忆起共同生活的点点滴滴，他悲从心来，这个与自己生活了十六年的女人就这么走了，她一直像是个天使照顾着这个家，肖扬无法想象，在今后没有她的日子他应该怎么生活。火化的那一天，肖扬克制不住自己当众放声大哭。

　　处理完所有后事，肖扬重又站回自己家的中厅，说不清心里是什么滋味，环顾四周，这里像是自己的家又像不是，像是哪里都有妻子的影子，又像是哪里也没有，心里凄凄惶惶悲不自胜。

　　一声门铃，打断了他乱七八糟的思路。一个不认识的女子站在门口，在问清他的名字后，递过来一个包裹就离开了。

　　肖扬莫名其妙地收下，懒得问是怎么回事。

　　这是一个鼓鼓的大信封，信封上印刷着"×××现代家庭事物代理社"，好像是某私家侦探所。打开，里面有两个小一点儿的信封。他挑开那个厚一些的，哗的一声滑出许多照片，掉在了地上。

　　蹲下来，肖扬一下子被照片中的人吸引。一个一个的场景，相同的女人不同的男人，天，照片中的女人不就是他那个"红粉知己"吗？他急切地一张一张翻下去，然后突然彻底松了口气，尽管心里隐隐有被人愚弄、被人玩弄于股掌间的愤愤，但压在心上的巨石终于移开。只要他手里拿着这些照片，那个居心叵测的女人再不能对他构成威胁。他不由对送来这些照片的人感激涕零，不知是谁这么好心雪中送炭，送给他这么及时的礼物。他扔下剩余的照片，一屁股坐在地上撕开另一封信。

　　这个信封里只有一张纸，是一些日常注意事项，比如交电费、水费、煤气费的时间，比如家中投资状况、存折所在地，比如家中孩子、大人的生日，比如孩子学校老师的名字，及学习班的时间安排等等。

　　这是妻子的笔迹，这个守护天使从天堂寄来了她唯一，也是最后的一封信。肖扬的泪猛地涌了出来，大颗大颗滴在落款上，落款上妻子的名字迅速被濡湿，不断而落的水分在四周漾开……

冷月光

　　老韩走了，手里拎着黑色夹包，肩上背着旅行袋，包里满满装着他这些年的历史。机关楼外下着雨，密密的如串着线的珠子，穿过六月浓郁的绿叶，叮叮当当拍在大理石台阶上。

　　老韩走了，这一走，多少有点儿悲壮的意味，是以他只找个下午收拾完自己的东西，把钥匙插进门锁，就关门离开了，没有到任何人的办公室和谁道别，包括二楼的老领导。昨天，他们已经在楼下那间屋子里抽了一夜的烟。半间头的办公室给板台、书柜、沙发、床排得有些拥挤，他们坐在单人沙发的两边，中间茶几上那块尺把高的湖石，在烟雾弥漫的灯光下泛着幽幽暗光，这还是老韩出差海南时背回来的。当时其他人都笑他不捎些好拿的特产，却巴巴地带个丑石头，老韩只是笑而不语，这哪里是块丑石啊，奇特的造型明明是个宝贝。后来给老领导看上了只好忍痛割爱，为此还强搬了一盆老领导奉若性命的君子兰。那时他还没到机关里吧，三年前还是五年前？具体时间不记得了。时间真是奇妙的东西，有些事明明记得很清晰，包括发生时的一场一景，当事人的一举一动连眉毛都数得清，可就是记不清究竟发生在哪一天。也许若干年后，他仍只记得这一夜，却想不起是因为什么而有的这一夜，谁个知道呢。

　　他们只是抽烟，一支接一支，抽完也不客气，从烟盒里弹出新的一支自己给自己点上。烟草味浓得让人沉迷，从沉默的气氛里拔不出腿，谁也不想开口说话。烟气蒸腾把老领导罩得牢牢的，仿佛是隐在云彩里，老韩打量着老领导，猜不透老领导这会儿在想些什么。他是老领导一手提拔起来的，从一个小小的所里，然后到分局到市局，从一般干部到所长到分局办公室主任，现在到市局综合处处长，哪一步都有老领导的影子，老韩一直感激，不过老韩却不服气有人说他是背靠大树好乘凉。这些年了，他老韩也是脚踏实地走出来的，中间吃了多少苦，没有人比他自己更清楚。现在，孙猴子打回原形，他又要回到所里从头做起了，还背了个处分的名声。嘿，这下怕是没东山再起的机会了。老韩苦笑下。

这事实在腻歪，任是谁也想不到杆子硬打在了他老韩的头上。

综合处在全局算是说大不大、说小不小的部门，打个比方就明白了，就好比是市政府下面的发改委，还算有些权力。下面有几个执法大队，几十号人，规范这支队伍还是老韩来后设的建制，投入了不少心血，队伍的整体素质与面貌与之前大为改观。可老韩总不能放心，除了应付其他日常工作，老韩抓得最紧的还是执法大队，他明白，有权力的地方总是暗藏杀机。尽管小心了再小心，还是出事了。执法二队在执行公务过程中，与商户发生冲突，进而殴斗，在混乱中死亡一人，轰动很大，家属告到了省里。一纸批文下来，肇事者拘押候审，相关人员停职待查，首要领导也就是老韩被撤职。老韩找上级看没有没转机，上级让他回去等回复，一等两等还是那纸批文，听说要任命新综合处处长了，有几个人明显比往日活跃，老韩也死了心。"老韩，你亏不亏。"老婆心痛地哭诉，"亏什么亏，再亏还有人家死的那个人亏？"老韩没好气地顶过去，一甩门子，从家里出来了，漫无目的地逛了两圈，思量再三，给老领导打了个电话，老领导在单位值班。

从进门到现在，两人一句话也没说，只是不停抽烟。几次张张嘴，老韩都不知道说什么，干脆不说了。"算了，先在下面待上一年半载的吧。"老领导没转脸，冲他这个方向挥挥手，把老韩眼前这团烟雾搅得更迷离混浊了。"哦。"老韩应了一声，像是从另一个世界里探出的触角，慢慢延伸到老领导那个世界里，并与之小心接轨。他欠起身，把烟蒂捻进茶几前的绿萝盆，里面已经盛了一堆，老领导曾说花盆里扔几个烟蒂防虫，后来养成了习惯，直接把花盆当成了烟灰缸，实在满得装不下了，通信员会收拾出来。大概这绿萝确实命大好养，在经过长年累月烟熏火燎后，依然茁壮成长，肥硕的叶子巴掌大小，脉络清晰纤微毕现，中间那道纹理粗大壮实，引领整片叶子竞争阳光的恩赐。竞争，连低微的植物都在大自然中知道竞争，老韩摇摇头，再次苦笑。这让他想起这些年走过的每一段路，似乎每天都在遵循大自然的规律行事，除了竞争还是竞争，莫不这就是大自然法则？老韩若有所悟。

"是非常在，心需宽！"穿过层层云雾，老领导送给他一句话。

"嗯。"

沉默之外继续沉默，烟也一根接一根。老韩没再问老领导什么，他的思绪在烟雾中遨游，把这些年的历史回忆个遍，有些当时匆匆而过的，竟然在今日此时品味出了另一层含义。那一夜，当他全身浸透着烟味离开老领导办公室时，户外月色清冷，出奇地水灵，他在墙角呸了口痰，嗓子眼儿舒服多了。

一碗鸡丝粥

腊月初九，是郑河的生日，郑老太太最疼这个小儿子，一大早儿她就等在家中。

青灰的天乌麻麻的，压在房顶，天上飘着雪霄子，大米粒那么大，结结实实地砸在窗户玻璃上，啪啪有声。郑河媳妇顶着风进了门儿，手里拎着一盒喜气洋洋的"好利来"大蛋糕。

郑家有条不上墙的规矩：小辈儿过生日都要给长辈送礼，以示不忘本。至于送什么却是随意，或是日常用品，或是包份红包，或是在餐桌上添道菜，不拘礼多礼少，算是尽儿孙们的心意。郑老太太如今八十有三，这份荣光，往条几前一坐，像一尊慈眉善目的观世音菩萨。

媳妇冲老太太磕了个头。

"河子还没好利索？"郑老太太招手让媳妇坐下。

"是咧，天又冷了，更不敢出门，让我过来送蛋糕。"媳妇是个老实人，一来就忙着抹桌子扫地。

"咳，我这么大岁数了，能吃多少，一会儿再拿回去。"

"吃吧，河子想着你咧。"

"哦。"郑老太太应了一声，沉思道："这一病从春天起，有九个月零二十九天了吧。"

媳妇偏头掐指算算，确实，笑了："娘的记性真好，活祖宗啊。"

"怕是老不死的咧。"郑老太太叹口气，也笑了，脸上的笑意褶在一团菊花里。

"俺今天中午不走了，陪娘吃饭，想吃啥，俺做。"

"回去吧，也是一大家子人呢。"

"没事，都交代好了。"

郑老太太想了半响，说："那就买只烧鸡吧，把肉撕碎，搅进白粥里滚一滚，滴点儿葱花儿、盐、香油，保管好吃。"

如果把村子当成一张大网，那郑老太太她们这一家应该算是大网中的小网，而郑老太太所在的老宅则是端居网中央的点，七个儿子及孙子辈们的宅基地分布在它的四周，遥相呼应，都相距不多远，打个喷嚏其他儿家都能听见，所以郑老太太仗着能动手料理自己，坚持住在老宅。好在儿孙们知孝，一日三问，来来往往的，郑老太太门前颇不寂寞。像过生日这样的事儿，无非是借个景儿哄老太太高兴。"有老家中宝。"老太太高兴，大家高兴，所以这让老太太高兴的事各家都争相攀比。

烧鸡买回来了，白粥熬好了，依着法儿，一锅香气喷喷的肉粥端上了桌。

媳妇盛了三碗，一碗给郑老太太，一碗给自己，最后那碗照例供在条儿郑河爹的遗像前。媳妇在像前点上香，鞠了四个躬，缭绕的轻烟缠成一捆儿袅袅浮上半空，混夹着鸡丝粥的蒸气，热气腾腾地漫过郑河爹的脸，将镜框糊上一层蒙蒙的白雾。五十二岁的郑河爹藏在烟雾里，通达又豁朗地微微浅笑着，那微笑像极了郑河，媳妇呆呆凝视了一阵。

"再盛一碗。"郑老太太说。

"嗯？"媳妇茫然疑问。

"拿双筷子，供在你爹旁边。"郑老太太从里屋出来，手里攥着一张小照片，二寸，四边儿是五六十年代时兴的那种锯齿状。照片有些发黄，一个年轻英俊的海军站在激涛飞岸的岩礁上。

媳妇瞅了瞅，浑身一震，默默新盛一碗，碗口整整齐齐摆上筷子。照片上的人，是年轻时代的郑河。

"娘。"媳妇不敢看郑老太太的脸。

郑老太太搂着郑河，一头扑在条儿上："儿呀，每年过生日你都在娘这儿吃碗鸡丝粥，今年也别隔。"郑老太太老泪纵横，顺着菊花瓣儿大滴大滴地落下。"三月你一病我就知道不好，夜里你爹围着我床根儿哭了一夜。六月底我梦见咱家那口老井塌了，一条小蛇闷在井里，流着眼泪冲我伸头喊，儿啊，你属蛇，娘就知道你不行了……"

"娘！"不能忍受的媳妇扑通跪下，"几个叔伯兄弟一起商量着才瞒你，怕你伤心啊。"

郑老太太一下一下点着头："苦了你了，苦了你了。"

"娘——"

郑老太太哽咽着搀起媳妇，两人不约而同望向条儿，条儿镜框里那张肖似的脸憨憨地笑了。

爸爸的影子

娟儿是女孩儿。因为是女孩，一出世，爸在产房门外便拂袖而去。所以娟儿在整个童年、少年是默默的。默默地起床、穿衣、刷牙、洗脸，然后穿过爸爸阴郁脸色的影子，走进通往学校万道朝辉的旭光里。

娟儿的静默有时让人心怜，偶尔她管之叫爸的那个人注意到了，就从电视屏幕里抬出头，盯着娟儿沉思一阵，望久了，张张嘴，却是不知说什么好，末了，叫一声："娟儿，给我泡杯茶来。"

娟儿就听话地泡来一杯茶，细心地吹去浮在杯口的白沫儿，杯把儿冲向爸，双手捧着递过去，脆生生叫一声："爸!"爸接过来，脸子还是沉沉的，看不出风雨，好像还没有从若干年前毫无准备的落败中缓过来。娟儿每看到爸松垮垮的脸就难过，疑惑自己是不是爸亲生的。

娟儿十八岁那年参加高考，一不小心成了当地的高考女状元，以超出分数线八分的成绩，考取了上海交大。爹接过录取通知书，翻过来倒过去瞅那张纸儿，仔细鉴定一番后冷着脸还给娟儿，好像那不过是张电费单子。

娟儿一直是梦游状态，亲戚朋友昔日同学，围在身边嘤嘤嘤嘤，她好像落进了蜜蜂群，这些蜜蜂甜着呢，还有一些外来的蜜蜂，近道的远道的闻名而来，拖着子女找娟儿介绍经验。娟儿只管憨憨地笑。除了爸在她头顶时不时飘过一丝阴云外，生活真美好。

娟儿成了名人，也成了忙人，一所私人培训学校瞅准商机，特聘娟儿传经送宝，一三五日，一周四次，为不同年龄阶段学子们讲授如何成为高考状元，中小学生家长们趋之若鹜，赶着孩子来听课，每节课教室都挤满了人。

娟儿很开心，站在课堂上的她越讲越自信，亮闪闪的眼睛里飞舞着七彩斑斓的花蝴蝶。

时间就在一节课一节课中飞快地流逝，距离大学报到的日子越来越近了。

今天晚上是在培训学校的最后一节课，校方在对娟儿万般祝福后，送给娟儿一个厚厚的信封。娟儿揣着厚厚的信封心口怦怦直跳，像脚上安了弹簧的小兔子，飘然又坚韧地向家的方向飞去。

夏日的夜强劲而有力，急驰的汽车呼啸而过，将摇曳多姿的街灯划出一道道斑驳的色彩。湿热的空气里到处充满跃跃欲试的分子。

娟儿想吃一回肯德基，用自己刚刚领到的钱犒劳犒劳自己。于是她在往家的方向折了一个弯儿，穿过已经凉下来的街心公园。一条黑影尾随而去。

撞击、惊叫，抢夺、奔跑，追赶、呼叫……

……破碎……

娟儿的世界最后只剩下个破碎。

还好是爸及时赶到，赶跑那道黑影恶魔。原来爸一直暗中跟着她。

爸——娟儿捧着爸的照片泣不成声。别走，你还欠我一个说法，我到底是不是你亲生的啊……

照片里的人沉闷着一张脸，无话可说。

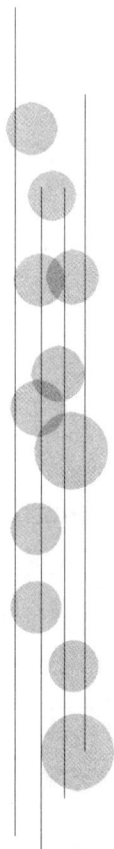

相如归来

相如花光他最后一个大文，才蹒跚着身子离开偎翠小榭。

他向家走去。长安街最清冷的地段，最清冷的那片宅子，就是他司马相如的家了。嘿，家，更确切地，不如说是卓文君的住处。

相如意兴阑珊地走过闹市，穿过长安如云如盖的细柳长街。不时，有他认识或他不认识的人，和他打着招呼。呵——司马相如，才名远播，更有那《长门赋》天下皆知。长安，天子脚下，日月升起的地方，在这里，他司马相如的名字在每个人的嘴边咀嚼，散播于空气中，被传扬、顶礼膜拜……

一股骄傲，又一次在相如的心里升腾，他负手闲闲跨着散步，远远的，那个"家"，似乎也没有那么清冷了。

文君，他的妻，正坐在庭院的廊间，偎着长栏，目光迷离远远地望着池塘里的某个地方。忽而一阵小风袭来，掀起了文君曳地长裾，轻纱乱舞，环佩叮咚，云鬓上的金钗摇曳，似乎眼前这个人儿就要随风而去了。可是没有，望过文君的脸，相如的心沉了下来，这个人儿，一脸的清冷，一脸的沉静，一脸的漠然。这是一个商贾的女儿吗？不，分明是一道亮剑，亮晃晃，闪着满身的寒光。啊，相如不由捂住自己的心脏，这里，那道壕沟越发地阴沉深邃了。

"咳。"他咳了一声。

文君转过头来，可眼神还是在他所不知道的地方飘移。她起身相迎，近前施了一礼，并不说话，淡淡地等待相如。不问他从哪里来，也不问他为何几日彻夜不归，更不问他为什么而回。相如有些怒气了，他的自尊被踏在文君淡淡的神色间，仿佛他依旧是数十年前那个落魄的书生，靠着几篇诗文游走于各个宦门府地，尽管饿得前脊紧贴后脊，仍鼓噪着他三寸不烂之舌。他不想再回忆起当年的隐痛。

可这个女人，随时就有把他的伤疤赤裸裸揭开的本事。他忍不住走上近前，捏起这个女人尖细的下巴，审视着那双淡漠的眼睛，倔强的嘴巴。啊，

这真的不是一个商贾人家的女儿！文君数十年如一日，依然皮肤光滑，依然美丽如斯，依然卓尔不凡，依然让他自惭形秽。这一切，让他这个红极一时的天才无法忍受地嫉妒。他放弃了，丢开了手，该死的，拇指与食指间竟些微留有依然让他心颤的悸动。

心脏处的那个洞无可探及地深远。

"又要走了吗？"陌生的声音自身后响起，不加一丝冰，可也不能让他感觉到温暖。

"是。"今宵，他，司马相如又将酒醉何方？是偎翠小榭、依红轩，还是某一贵妇的温柔乡？不知道啊，不知道，他的心在这里，可在这里又有无法缝合的空洞。天地悠悠，竟无他司马相如安心的地方。

错了，从一开始就错了，错不该走进卓府，错不该卖弄琴技，更加地错不该在弹奏动情处，抬眼望见帘后那半面玉容……

司马相如，本不属于一个女人，而他属于了，这是他的宿命，也是当年帘后那个女人的宿命……

"文君，再为我吟一遍《白头吟》吧。"

皑如山上雪，皓如云间月，闻君有两意，故来相决绝。
今日斗酒会，明旦沟水头，蹀躞御沟止，沟水东西流。
凄凄重凄凄，嫁娶不须啼，愿得一心人，白首不相离。
竹竿何袅袅，鱼儿何簁簁，男儿重义气，何用钱刀为？
……

文君、文君、文君，难道在你心里依旧没有忘记茂陵女的故事？可那真的已经是一段没有追忆、没有留恋，断得彻彻底底的往事了啊，难道，一时的错误，注定我今生要在内心背负一世的枷锁……

"哈哈哈——"司马相如仰天长笑，踉踉跄跄奔出了家门。

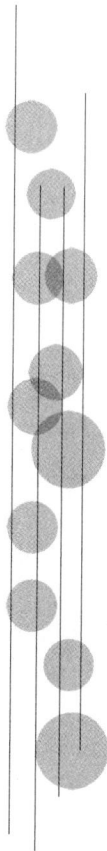

一条小青蛇

何芳丽站在自家门口，从包里掏钥匙开门的时候，指尖突然碰触到一个冷冰冰长条状物体，捏出来一点，啊，是个绿色东西，惊叫一声，扔掉包，迅速打开防盗门跑进屋，并扑到了沙发上。

这不能怪她这么神经质，实在是刚上楼前，楼拐角处几个小男孩让她大受刺激。那几个孩子在逗弄一条小青蛇，小青蛇奄奄一息躺在水泥地上，尺把长，碧绿晶莹的长条身子被孩子们任意拨动，了无生机几乎看不出是个活物，只有在孩子们手中细枝刺在身体上，才见它痛苦地扭动一下，或是在孩子们停止折磨的间歇，缓口气蠕动下妄图逃跑。何芳丽见到孩子们在玩这种东西，几乎要呕吐出来，急匆匆奔上了楼。

现在，包里的到底是什么东西呢？她从今天早晨离开家想起，然后是单位一天来的每一个片段，想不出曾放进过任何长条状的物品。她想到了刚才见到的那条小青蛇，一股寒气从脚后跟冒起，脑子里有关于《青蛇》的传说纷至沓来。

她死盯着门口的包，心里有些绝望地自虐。她是个现代白领不迷信，知道不可能是那种东西逃进她的包里，但就是不敢过去查检一下。

朦朦胧胧间，借着楼道的光，她仿佛看到一条青蛇蜿蜿蜒蜒从包里爬出来，双眼放出细小的寒光，盯着她。何芳丽毛骨悚然，掐自己一把再次观看，没有什么青蛇。暗嘘口气，不明白今天怎么这样地精神紧张。

那种恐惧与恶心感犹在，这让她很烦闷，焦躁地想要打碎什么东西。

今天下午，从新经理办公室里出来后，这种感觉就已经存在了。

新经理并不是新人，只是新提起做了经理。他殷勤地边说话边走到门边，左手拉开了门把，右手似无意地抚在何芳丽的腰际："小丽，我们配合这么多年，以后的工作还要多多支持我哟。"

何芳丽敏感地起了一身冷痱，不动声色地向旁跨了一步躲开那只手，端着笑脸："哪里话，经理也是一步一步从基层做起的嘛，多指点指点我们，

让我们也早日进步才是啊。"

"啊哈哈哈，小丽真会说话，你可是咱们部的顶梁柱，业务骨干，许多事情还得仰仗你啊。"

"呵呵，咱们这个部十几号人，哪个不是精通业务的，经理真是太抬举我了。"

"谦虚，又在谦虚不是。小丽啊，这次选拔干部眼光要放远些，有些事情并不是你想象的那么简单，看问题要全面……"

以后的话何芳丽没有记全，她记得最后似乎是打着哈哈走了出来，头脑中一直在琢磨新经理的这番话。他这话是什么意思呢？她想到老经理离任前最后批给她的那笔业务，又想到上一次去报帐，总经理意味深长的眼神……

哐当，一阵风过，防盗门狠狠地碰住了，吓了何芳丽一跳。她收敛了下自己的情绪，感觉后腰那处衣服上，还是那么滑腻腻的让人恶心。她真想哭一场，心里有几分悲凉，拼搏了这么久，还在原地打转，做人真是很失败，有一刹那，一个念头在她心里升腾：不如找个人把自己嫁掉算了，想一想有一个可以依靠的肩膀，似乎也不错。

"叮咚——"一声门铃。

开门一瞧，是个小男孩双手拎着她的包，似乎是刚才在楼下玩小蛇的其中之一，有礼貌地问："阿姨，这是你的包吗？"

"是，是。"何芳丽想接又不敢接，尴尬地说："小朋友，你把包打开，把里面的东西倒出来好吗？"

"为什么啊？"小男孩纳闷地问，可又很听话地蹲下来，把包里的东西一一倒在地上。

口红，面纸，另外一串钥匙，一个计算器，一本厚厚的记事簿……最后，小男孩倒出一根长长的绿豆荚。

哦——原来是它。

何芳丽彻底松了口气，她想起来，中午偶尔起了煮饭的心思，买了些菜，大概就是那时候掉进包里的。

一切水落石出，没有什么青蛇。她谢过那个小朋友，轻松地回到屋内，轻蔑地脱下外套随手扔进洗衣机，走进了卫生间，不一会儿，伴着花洒的阵阵流水，响起了歌声。

明天，还会是明天，在太阳升起后，一切又重新开始。

长不大的硬币

那枚硬币就在那儿，像一条乖顺的狗，以一种安稳的姿态横躺在马路中间。来往车辆风烟一般穿过它的身旁。

这枚硬币面值一元，是哨儿的，或者说十五分钟前是哨儿的。现在，哨儿正站在马路边死死盯紧它，生怕一错眼珠硬币长出翅膀跑了。

在十五分钟之前，哨儿来到一个三岁小男孩面前，摊开手，亮出一枚过于珍爱，而在手心攥出油的硬币。三岁男孩警惕地打量那枚硬币，又打量哨儿。哨儿抬手指向拐角门市："买糖。"

三岁小男孩摇摇头，继续蹲在地上玩沙堆。沙堆在小男孩塑料工具下，一会儿变出蒙古包，一会儿变出大象，一会儿变出一只鸟儿。哨儿的哈喇子都出来了，入迷地观看。在他眼里，蒙古包里藏着咩咩叫的羊羔，大象能扳倒大树，俊俏的鸟儿一抖身就会飞上天。

哨儿讨好地再度把硬币送到小男孩眼前："买糖。"

小男孩儿疑惑地向四周张望。哨儿知道他在找他哥哥，一个穿蓝条校服高高大大的初中生。在哨儿的眼里，那个哥哥真了不起，每天他都背着这个小男孩儿到街心公园来，有时追足球，有时放风筝，有时逮蚂蚁。今天哥哥给弟弟砌了一个沙堆，现在哥哥又去找沙子了。每次都看得哨儿眼馋，总想，要是他也有个哥哥该多好。

哨儿执著地递去硬币："买糖。给你。"

小男孩似乎是有些害怕，站起来，畏畏缩缩伸出了手。哨儿笑了，用袖口抹了抹鼻涕，一把推开小男孩，占领了沙堆。他蹲下来，无限惊喜地抚摸那些神奇的玩具。像是有一团火，从那些五颜六色的色彩中传导到他的指尖，然后燃烧进他的眼睛里。爸爸老骂他是个憨子，在外面摆摊回来总是生气，一生气拧住他的脖子就是一脚。妈妈就发出让哨儿心碎的叹息。可他是个憨子，连话都说不清，又怎么安慰忧伤憔悴的妈妈。

哨儿一家是流动人口，街道曾经给过他们这样的称呼，后来又改为"外

来务工人员"。别管是哪一种吧，哨儿在别人眼里都不过是个憨子。他们家最值钱的是一辆带顶三轮车，白天爸爸骑着它出去卖炸串儿，爸爸像伺候孩子一样伺候车子，车身干干净净像新的一样，车链子蓝瓦瓦地发出汽油的气味。家里最不值钱的是哨儿，浑身脏兮兮的像跌进油锅的老鼠。

哨儿最渴望能有个哥哥带他玩，像远远走来，手里捧着一袋沙子的那个哥哥。他满脸含笑，坐在沙堆里等。他相信，那个哥哥肯定会把他当成弟弟。那是个多阳光，多有耐心的哥哥呀。他知道，其实那个哥哥不是小男孩的亲哥哥，是邻居，就住在他家租的那个院里。

"怎么回事？"哥哥一把将沙土摔在地上，跑到小男孩面前。

"我不要，是他硬给我的。"有人撑腰，小男孩尖叫起来，并奋力把手里那枚硬币扔向大街。

哨儿的眼睛随着那枚硬币飞跃、蹦跳，在完成几个依依不舍的旋转后，咕噜咕噜停在马路中间。

哨儿很难受地离开那块沙堆，因为哥哥带小男孩飞快地走开了。几句话飘进哨儿的耳朵里："以后不要理这样的傻子，小心给人卖了。"

马路上一直一直有车，车来车往，车水如龙，像隔开两岸流不尽的大河。

哨儿探了几回身子，都被大河挡了回来。他极想取回那个硬币，他害怕了，要是给爸爸发现抽屉里少了一块钱，肯定又会给他几脚。要是从此把他赶出家，那他该到哪儿吃饭、睡觉啊。

一分钟就像一天那么难熬，时间闻到鼻子里尽是焦糊味儿。有认识的人就问哨儿在做什么，哨儿冲人委屈地撇撇嘴："我要我哥。"来者啪一巴掌拍在他后脑勺儿上，大笑："这个憨子。"谁都知道哨儿的爹妈从老家只带来哨儿一个娃，五六年了，根本没有哥哥。

黄 老 大

黄老大威风凛凛地站在窗台上，瞪着溜圆的大眼俯瞰脚底下的黑皮，全身金色长毛炸起，使它看起来比平时壮大了若干倍，嘴里呜呜发着进攻前的低吼。

黑皮偷咽口唾沫，心里有点胆怯了。

眼前这只看起来极具攻击力的怒猫，在几天前一直表现得快快不振，主人给它在脖子上扣上链子后，它就天天趴在猫篮里，偶尔有人打它眼前经过连个眼皮都没见它搭过。黑皮痛恨这种自高自大的骄傲行径。尤其是主人在给予那只小猫的关注明显优于黑皮后，黑皮那颗动物的心脏彻底失衡，瞧瞧，它脖子上亮晶晶的细链曾是它黑皮的财产啊。

黑皮不该这时候自伤自怜，尤其是充满怨怼地瞥了眼那挣断的半截细链，一刹那，黄老大捕捉到了战机，一声狂叫，奋勇一跃，扑到黑皮的狗头上，尖利的爪子毫不留情地展开了攻击，并迅速分出了胜败。

黑皮的脸上血淋淋一片，像一块揉烂了的破布，狼狈地在地上打滚痛得嗷嗷怪叫。黄老大又跳回窗台，瞥了眼它的手下败将，长叫一声，拖着半截长链几个腾跃飞身上房，扬长而去。

它要去找它的旧主人。

来现在这个地方时，它是被人蒙在一个黑袋子中的，至今，它仍回忆得起那个黑袋子中散发出的陈旧樟脑味。

它一定要找到它的旧主人，那个叫做梅梅的小女孩儿。它只愿意被她搂在怀里，摩挲着它滑缎般的长毛，咪咪咪咪地叫着。只有这时候，它才会全身放松，闭上眼，肚子里舒坦地咕噜咕噜打着呼噜。

"黄子，你是一只虎呢。"叫梅梅的小女孩儿总这样对它说。

"你娘只有你一个儿子呢，"梅梅继续对它说，"姆姆说，猫妈妈如果一胎只生一个娃娃，那这个小娃娃就是一只虎哦，如果生两个，那么就是两个豹子。"

"如果是三个呢?"黄老大懒洋洋地蜷在梅梅怀里,长长的尾巴像一把拂尘轻轻扫过梅梅的脸颊。三月的阳光像一双会安抚人平静下来的大手,暖暖地抚摸着这个小院,拂在黄老大和坐在小板凳上的梅梅身上。它享受着这暖暖的阳光,和梅梅的抚摸,感觉这应该就是妈妈的味道了吧。

"黄子啊,可怜的黄子,你是有妈妈可又没有了妈妈,而我是有妈妈却从没有见过妈妈,咱们俩一样啊。"梅梅低低对它一个人说话,亲吻着它的毛皮。

听说梅梅的妈妈在远方的城市打工,听说梅梅的妈妈身边还有一个小弟弟,听说……黄老大从梅梅的嘴里和姆姆的话里听到一些,可是,妈妈不回来又怎么样呢?这个世上,只要有梅梅和它两个就好,只要他们在一起就不孤单。

黄老大的妈妈在黄老大出生没多久不在的,死在邻居屋顶的鸽子房前。凶器是一把长长的气枪,邻居一手拿着几蓬散乱的鸽毛,一手倒拎着猫尾到梅梅家里质问,说这只该死的猫偷吃他的鸽子。

当时情景黄老大自然是不知道,它的眼睛还没有完全睁开,趴在窝里像一只没有毛的老鼠。这些,是以后的日子中梅梅告诉它的。

"你的妈妈可是只好猫呢,它才不会去偷别人家的鸽子。"梅梅气得泪眼汪汪。

从那时候起,黄老大在心里就记住了梅梅的眼泪,它在闲暇的时候总是会盯着邻居家明显高出梅梅家屋顶的那间鸽子房,有时盯得痴了,它都忘记了梅梅的到来。

"黄子,你的眼神有时候让人害怕呢。"梅梅一把搂起黄老大,举到脸前,左左右右审视着,"唔,我的小黄子长成了能抓老鼠的大猫了呢。"梅梅咯咯笑了,和它头抵头,轻轻碰触着。

如果不是邻居家的鸽子事件频发,黄老大也许依旧安详地蜷在梅梅膝盖上打着它的呼噜。可是不行了,邻居家的鸽子每个夜里都会遭受几场屠杀,有人看场也没用,杀手机警地选择着时机,每夜惊天动地的骚乱后,总能成功脱逃。七月,火热的季节,让人惊心的季节,四处弥漫着隐隐血腥味道的季节。

然后黄老大被送人了,因为它是猫,一个住在鸽子房旁边的猫。

连续奔波了不知几个日夜,黄老大终于找到了方向。它的爪子残破不堪,皮毛打着绺赶了毡,看不出一点儿原先的本色。这只曾勇斗一条黑色大狼狗的流浪猫,借着月光在人家房顶上,看到那间高高的鸽子房时,眼里不由滚出了泪珠。

它嗷呜一声低吟，飞快奔了过去。

"砰——"一个沉闷的声音奇怪地在它耳边响过，身体像是撞在一面弹簧墙上弹向一边。黄老大艰难地抽身向梅梅家那棵树蹦去，可是，它永远也蹦不上去了，那半截细链挂在了鸽子房探出的一根铁棍上……

黄老大粗粗地叹了口气，恍恍惚惚间，又是那个三月暖暖阳光的下午，它被梅梅搂在怀里，梳拢着满身金黄灿灿的长毛，咪咪咪咪地叫着……

狗 点 点

冬夜来得很早，匆匆就为苍穹披上了黑的暗纱，月亮惨白着脸色吊在半空，像个守丧的寡妇。这样的晚上不招人喜欢，尤其时不时忽远忽近传来夜狗的长嗥。

"怪瘆人的。"长歌身子往被窝里缩了缩，拿被子使劲掩住耳朵。

"妈妈，欢欢又在哭点点了。"儿子小东在一旁低语。

"别瞎说，快睡。"长歌呵斥道。

"也许，外面叫得那么凄惨的，真的是欢欢也说不定呢。"老公也开了口，"当时下手确实狠了点。"

"都不睡是不，不如你们也去外面喊两嗓子去？"长歌恼怒地隔着被子一脚踢去。

马上都没声了，一会儿就响起一大一小两个鼾声。

长歌却睡不着了，她脑袋里乱哄哄想着叫欢欢的那条狗，然后想起点点。

点点是他们家的看门狗，一条从老家带来的土狗，一身黄不拉叽的黄皮，精瘦精瘦的怎么也吃不胖。老公踢它一脚："喏，就这瘦模样，柴狗。"长歌不明白柴是个什么意思，大约是干瘦如柴火棍子之类的吧。

点点在家的工作就是看门，白天看，晚上看，尽职尽责。家里人回来它又摇尾巴又撒欢，打着滚儿又是啃又是舔，殷勤得不得了。虽然一般情况下除小东外家里人赏它的都是一脚，却并不妨碍它的忠心与继续讨好。

点点的伙食不能说好，也不能说差，家里剩什么，它的饭碗里就是什么，每次都吧唧吧唧吃得津津有味。

如果点点不是因为它的爱情，它也许会永远单纯而快乐地生活在这个家里，有人时在人前晃来晃去，没人时自己追逐自己的尾巴咬着玩，或者偶尔抓个老鼠什么的，守着日子在平淡中安安稳稳地度过。

可它恋爱了，可见，爱情这东西并不是每个人或者每只狗，乃至每一生物所有能力拥有的东西。

它爱上的是邻居家的欢欢，一条狐狸犬，严格来说，也不是邻居本人的，

欢欢的主人出差一阵不在家，托给邻居代养几天，除托养费外，还另有一笔不菲的伙食费。

欢欢来时带有一个小箱子，里面全副装备样样齐全，精致的小梳子就有好几把各式不同的。这让长歌想到她的梳子，还是她结婚时买的那把大红的，和欢欢的一比简直俗透了。

邻居常抱着欢欢在小街上遛弯，大声地和人打着招呼，欢欢的到来，成了小街一道亮点。

邻居把欢欢视若心尖尖肉，当命一样看待，可是，欢欢却迅速消瘦下来。邻居急得直上火。

有一天，欢欢又欢了起来，它找到个伙伴，就是长歌家的点点。

两条狗打打闹闹像两个小孩子，互相追逐着，轻轻咬着对方的鼻子、耳朵、嘴巴、爪子。小街上的人家瞧着哈哈，观看两条狗的表演。长歌的老公也笑得合不拢嘴，时不时踢玩耍中的点点一脚："奶奶的。"

欢欢的恢复让邻居的脸上又有了血色，可没两天，他大概意识到什么，不再让欢欢和点点玩，看得紧紧的，不顾欢欢渴望出门呜呜的哼哼，把它关在家里就是不让出来。

点点也失了神，整天不是在院子里没精打彩地瞎转，就是一次又一次巴着门缝向外瞧。

"奶奶的，人家贵族千金，能嫁给你土老帽？奶奶的。"长歌的老公呸着点点，看不下去了，又是一脚踢去。

欢欢的主人回来了，带走了欢欢。

似乎关于两条狗的友谊也应该画上一个句号。

可是，有一天，邻居跑进长歌的家，破口大骂，骂的不是人，骂狗，骂点点，祖宗十八代都连上了。后来长歌听明白了，欢欢回去后开始害口，好象是点点的种，欢欢的主人十分愤怒，他早为欢欢谋了个好夫婿，和欢欢一样是纯种的狐狸狗，可就在出差的这两天出了差子。他向邻居索赔，否则就告邻居。

邻居天天来家里骂，听得长歌都不好意思，她把孩子打发到了娘家。

"奶奶的，奶奶的。"长歌的老公一脚一脚踢着点点，有一次大概是踢累了，火头上顺手操起一根大棍，一棍子抡了过去……

点点就这么死了……

死于它非分的爱情……

冬天的夜很凄冷，长长的，有着寂寞的味道，夜狗似乎停止了长嚎，长歌舔舔发干的嘴唇，眯起眼想睡了……

老 棋 盘

这绝对是款老游戏，在当下新游戏以分秒速度刷新的时代，它真的是太老了，只有人无聊得无可消遣时，才会点击玩耍上一时半刻，而我，是其中的老棋盘。

（一）

绿子，是我最钟爱的儿子，它很精灵，常出其不意狡猾地将兄弟们诱入圈套。这让兄弟们又气又尴尬，却又无可奈何。

可在另一场游戏时，我嗅到不寻常的气息。

首先是绿子的位置，按常规判断，绿子正身处险地，紧贴棋边，左首仅余一眼，分明是背靠悬壁，身临深渊。当此时，红兄、蓝弟正以 45 度犄角状，纠结兵马小心翼翼地围拢过来。它们不是首次联手，却第一次这么酣畅地会心窃笑。

绿子视若无睹，对转瞬即至的危险一无所觉。它心在远方。

我凝神探视它的内心：在一团绿色光芒中，悬浮着一个婷婷娉娉的影子。绿子的心痴迷地追随着她，不因自己只是一束卑微的电子而放弃。

那是个玩游戏的女孩儿，常以她可爱的指尖在课间点击这五色的彩球。

她只是欢喜地把这当成游戏，绿子却爱上了她。细密的忧伤与甜蜜填满绿子的心房，除此，它什么也不在乎。

我凄然闭上眼。

绿子是我最钟爱的儿子，我爱绿子，却没有办法决定它的爱情。

哔吧——一声警报，游戏结束。

绿子碎了……

（二）

"雨霁听流水，堂前问落花。"

多诗情惬意的情怀，这是我的橙子。

设计这款游戏的主人是个才子，学的是计算机，却酷爱古典文学，在他内心盈溢着传统文人的浪漫。橙子在精神上最与他接近。

游戏时，橙子总一副疏离状，远远站在某个位置，漠然俯瞰兄弟们间似真还假的争斗。通身的橙色光芒也淡淡的，似有还无。

我注意它时常常会产生错觉，似乎橙子是遁世离俗的隐士，它的存在只是一个虚无，只是为了存在而存在，其实它并不存在。如果没有程序的限制，飘然若仙的它甚至随时会脱离我这方老棋盘。

之前的橙子却是不同。

它橘黄色外衣奔跑在月光下，如妖似魅，点亮每一个众生昏聩的夜晚，那时的橙子是活的。它在棋盘内游走，不断使出各种手段，将众兄弟玩弄于股掌之中。只要橙子出动，所到处就一片混乱，谁也不明白是什么妖魔作乱，能让大家始终跟在橙子之后疲于奔命。

橙子撩拨得众人团团打转，明明眼前既为死路，还未容众人窃喜，橙子一转眼却已脱身而出。这是智者的游戏，在这场永远会有新机会重新开始的游戏里，橙子最惺惺相惜的是绿子，或者说是曾经的绿子，只是绿子沾上了爱情，便如沾上了瘟疫，那个灵气儿的绿子死了。橙子每想到绿子，就呸上一声，骂它没出息。

出尘脱世的橙子，我喜欢；玩世不恭的橙子，我喜欢。我入迷地欣赏我的儿子，在心里咀嚼这股得意。这常让我想起创造这款游戏的主人。

似是心有灵犀，某一天，主人竟然突现。他老了。以前那个意气风发恃才傲物的小伙子不见了，风尘仆仆的岁月在他脸上刻下沧桑二字。

他坐在开往南方的火车上，拨过几通电话后，疲惫地倒向座位，不时烦躁地看看手表。百无聊赖中，他打开了游戏菜单。

我欣喜地呼唤。

他没有听到，心神不属地在游戏间随意敲击。第一局很快结束，然后又是一局，又一局……

他的头发露出星星点点的银光，我眯起双目，怕这银光晃伤我的眼睛。

我注意到橙子，它困惑不已地仰视着创造它出世的"主人"，沉思了很久很久。

与主人的相逢，在无滋无味的尴尬中开始，又结束。他现在是世故的商人，思想里只有苍灰的生活及生存。而"我们"只是"游戏"。

没多久我便释怀了，时光嘛，总是向前的，记忆总是有走有留。

只是橙子变了，夜间的月色再撩人，也拂不动它的心房。

它枯靠在一个边角，神色衰朽。

"雨霁听流水，堂前问落花。"，多美的情怀，只是再找不到能引起共鸣的人了……

（三）

我梦见我在梦里变成一堆萎在地上的女人内衣。

粉红色的蕾丝花边儿，可怜巴巴地揉在烂泥淖里。

我醒了，心脏怦怦直跳。此时，一片残阳被上帝之手在天空抹下最后一道怪异的亮色。

我可能是老了，近来脑海里常浮现些虚幻的念头，这不好，因为我本该只是一款游戏中的棋盘，连记录数据的程序都算不上，更不要说思想。

设计我进入游戏的，是个计算机工程师，而我的存在却是在很久之前。

那一季，南方的梅子雨下起来不肯停歇。我躺在一堆发了潮的稿纸堆中，挽着一个在雨中艰难蹒跚，撑一把旧得有些发黄的碎花伞的男人。（唔，我认为我是在挽着他。）

粘滞的墨粉味很浓，凝固在四周的空气里，就像我所挽着的这个男人所散发出的忧郁。他的手提包里，蜷着他几乎是写了半世，却卖不出去的文稿。而我，是这批文稿的精魂。

这是一个不得志的文人。

今天他去了一家杂志社，却一无所获，出版费对他菲薄的荷包来说不亚于一颗吞不下的鸵鸟蛋。就在前一夜，他哭了，趴在我的怀里（唔，我认为他是趴在我的怀里）。他哭得很凄惨，像个没有人要的小狗。

我用我无形的手抚摸着他的脑袋，心里酸酸楚楚，却又由不得自己地升起一股火气。说实话，我心痛他的执著与辛苦，却又打心底瞧不起他。最是无用读书人，偏又倔得不肯转头四处望上一望，瞧一瞧世界原来还有那么多的机会与运气。

我是他文稿的精魂，却在精神上背叛了他。可我不能离开他，因为我是

133

他一直以来以心血浇灌而成的"精神情人"。我只能默默地，以自己的隐忍与温柔陪他走着，走着……

黄梅雨的天儿悠长悠长，绵密得让人迈不成步子。

突然有一天，雨停了，文人的背陡然挺直了，他笑了，因为他的文稿卖掉了。

他签自己名字的最后一个字时，很匆忙，结尾那一点是以潦草的横做的了结。他急于和买他文稿的领导握手。

然后领导的簇拥者后面就多了一个簇拥者。临别，他都没有再看我一眼。

往事已矣，回忆总让人伤感。

其实对我来说是个解脱，不用再天天承接失败者的落寞。年轻的计算机工程师出现了，他惊异地发现地上有个东西在闪光，然后蹲了下来。那是我没有温度的泪，这给了他灵感，我的新生也由此开始。

以前我是女人，现在我是男人。以前我是女人因为我只能是女人，现在我是男人，因为我必须是男人。

短 腿 儿

　　我是只猫，有双乌溜溜的大眼睛，一身杏黄的皮毛，额头有块雪白的斑。我这样也算猫模猫样，名字最不济也应该是"咪咪"之类，可别人叫我"短腿儿"。因为出娘胎的时候，娘亲前面已经生了几个兄弟姐妹，生我时实在没有了力气，要不是十一岁的小主人动手帮忙扯我出来，只怕这世上便没有了我，只是扯坏了我的左腿，在我还没顾得上喘生命的第一口气，就注定是个残疾，于是人们就开始唤我"短腿儿"。

　　大凡天下有个不成理的规矩：受了伤，身体有缺陷的，天生要比正常的多得一份同情与垂青。这个理儿适用于人类社会，也适用于猫族。我的短腿儿给我的生活带来诸多不便，可也给我带来好运。比如因为身体弱小，我总被兄弟姐妹们挤来挤去，挨不到娘亲温暖的乳房，娘亲只要是清醒着，她总会轻轻把我叼起来，放在她的掖下，用胳膊护着我吃奶，防止我再次被挤出局。主人们也对我很好，总会弄些新鲜的牛奶、肉汁喂进我嘴里。还没出满月，我已经是一奶同胞中最胖的猫娃娃。

　　月有盈亏圆缺，天下没有不散的筵席，转眼我们兄弟姐妹们满月了，一家人团聚的日子到了头儿，不过大家都没多大的伤感，身为猫族，天生知道自己总归是孤独的个体。兄弟姐妹们一一离开了家，我是最后一个离开的，因为我是短腿儿，我不知要因为这个高兴还是要悲哀。防盗门被敲开的时候我就有预感，我身体微微地打着战栗，勉力站起凑到娘亲眼前，舔着它的鼻子和脸颊，娘亲眯缝着眼，向上微仰着头，用肚子里发出呜呜的低沉腹语，向我传授着她最后的经验。

　　我去的地方是一座豪宅，而且是全新的，有股浓烈的新装修的味道，墙壁地板哗哗闪光，我不得不扭转头，半闭起我的眼。至今我也不明白，为什么这家明明有条件，却非要收留我这么个短腿儿。短脚儿就是短腿儿，走在这光滑的地板上直翻跤，新主人笑弯了腰，她尖笑声无所顾忌地在空房间里回荡，我趴在地下捂住脑袋羞红了脸，只是我的面孔藏在毛发里面，别人瞧不到。

没几天我就发现了问题，因为我开始饥饿起来。新主人把我放到这间新宅后就再没出现。我凭着猫族的直觉，嗅到这里曾出没过我们的天敌——老鼠。娘亲告诉过我们，辨别它们的味道并不是难事，只是那股味道是很久之前留下的，至少有七天之上，以娘亲所传授的，一只老鼠如果七天之内没有在同一地方再次出现，那么基本可以判定那只老鼠只是过路的。

我很饿，新主人没有给我留下吃的食物，我只在一个小房间舔到些水龙头滴下来的残余水点儿。

这样的饥饿感持续了多久？我不记得了，我只知道凭着自己恍惚的感觉在房间里游走，寻求一扇门，或一扇没有关好的窗，再或者是一个什么能出去的洞。我只知道我不能停，我得迈开自己的短腿儿在房间里游走，因为我很饿。

有一天，门开了，一双烂胶鞋小心翼翼地落在我的面前……

我从那间豪宅里出来了，并且天天能再吃到食物，有时偶尔还能喝到半瓶别人剩下的牛奶。我的新新主人就是穿着那双胶鞋的人，是个半大的孩子，和我以前的小主人差不多年龄，他说他是离家出走。离家出走有什么好哟，没有娘亲的爱护，没有亲人的关心，更重要的是没有了吃喝。我瞪大眼不解地望着他。咳，和你瞎讲这些有什么用，你懂什么呀。新新主人没耐心地把我从怀里扔到一边。

从此我就跟上了新新主人，开始了我的流浪生活，有时候他烦了会踢我一脚，我躲起来，一会儿又再回到他身边，晚上睡觉时就盘在他脑袋边儿，咕噜咕噜睡我的大头觉。现在的新新主人是个好主人，总不忘给我食物，让我吃饱。我只要吃饱，有个家，只要不想起娘亲和原来的小主人，就会觉得这样的日子过得挺好。我是个猫，又是短腿儿，还能有什么愿望呢？

等 待

四月中旬的一个下午，天空湛蓝蓝的。公园小径两旁高高低低的梨树上，梨花挂满枝头。空气中淡淡涌动着淡淡的清香。

佟阿姨拿着她的新手机，在梨花丛中拍照。

"奶奶，奶奶，帮我折一枝花好不好？"一个脸色通红的小女孩跑来，指着梨树上的梨花请求。

佟阿姨不忍拒绝，挑了一小枝开满花的枝子，折了下来，递给小女孩说："来，下不为例哦，花花也会痛的。"小姑娘举着花枝兴奋地蹦蹦跳跳。佟阿姨看着她，笑了，暗自思量，如果女儿玲玲有个孩子，也应该有小姑娘这么大了。

她不由拿起手机，将眼前这个欢欢喜喜的孩子拍了下来。自从前年老伴过世，佟阿姨日渐苍老了，白发多了起来。更加牵挂单身在外的女儿玲玲。

忍不住拨女儿手机，悠扬的铃声刚响几下，就断了，佟阿姨莫名其妙，心里七上八下，不明白女儿那里发生了什么事，就一次又一次地拨打。

"喂，妈妈——"好不容易传来女儿的声音，却明显有一股子气恼。

"玲玲，怎么才接电话啊，我正担心呢。"

"妈妈，我正在开会，告诉你多少次了，如果我当时不接电话，肯定是有事，过会儿会打回给你的。"玲玲不满意地说。

"哦，哦，是妈太多心了，嘿嘿。"佟阿姨理亏地赔着小心，放低声音，"这会儿开完会了没？"

"我出来接你的电话，妈妈——有事吗？"

"哦……"佟阿姨有些黯然，那个从小学到高中，一直娇惯地待在她身边的女儿，已经长成大人，远远地有了属于自己的空间，她的手与心再也触摸不到了。

"咱们这儿的梨花都开了，很美，你最喜欢，常说没有机会再看到，我特意买了个能照相的手机，给你发几张彩信。"佟阿姨没告诉女儿，为了学会发彩信，她在营业厅磨了好几天。

"妈妈——你不停地打电话，就是为了说这个?"玲玲在那头儿不耐烦了。

佟阿姨不由吸了口气，讪讪地解释："我以为你喜欢，梨花期只有这几天时间……"

"好了妈妈，我还在开会，很忙，有时间再打给你，哦，对了，钱不够用时告诉我，拜拜。"女儿匆匆挂断了电话。

嘟嘟的忙音从另一端传入佟阿姨耳朵里。她默默放下胳膊，望着这款最新出厂的手机，亮晶晶的金属外壳，在四月阳光下闪着柔和的光泽，握在手里，却是冰冰凉凉。

"忙，总在忙，忙点儿好啊。"佟阿姨念叨着广告里的一句台词，快快地离开。游人也都在散去，公园门口的人多了起来。

佟阿姨刚走出来，突然听到对面马路上一声尖锐的急刹车，紧接着"咚——"的撞击声，她惊愕地抬头望去，就见一个物体犹如放慢镜头的蒙太奇，沉重而又轻盈地向她的方向飞来。啊，是那个举着花枝的小女孩。

公园门前，人和车渐渐稀少，远远的，肇事车四周围着一圈安全线。此时，天近黄昏，满园梨树宛如点染了一层薄薄的胭脂。

佟阿姨呆呆地坐着，望着小径的尽头，她也不明白到底在等待什么，盼望什么。

关于老六的往事

　　老六不算老，四十多岁人长得精明能干，套用星爷的话，年轻时那是英俊潇洒、玉树临风。现在年龄大了，可日子过得顺风顺水，人也滋润得别有一番风度。老六可是单位的活宝，脾气好，人活泛，机关上上下下都愿意和老六逗两句，刚退休的梁局长曾开他玩笑：你小子，是咱机关男人的偶像女人的偶像，老少通吃啊。老六对这样的夸赞一律嘿嘿笑着接受。

　　说实话，老六真没其他大本事，在机关给领导开车这么多年，还是把方向盘的"首长"，可人缘贼好，连六嫂都说：俺老六身上天生就长着招人喜欢的肉。当时酒桌上人家戏谑地问她：老六是咋把你哄到手的？她拍拍老六的膀子如是回答，引得一桌人笑翻了天。这是个爽快的女人，和老六一样招人待见，只是她却不是老六的真媳妇。老六几年前丧了妻，和现在的六嫂子说不清怎么回事，认识这么久硬是还没领证。听说和孩子有关。

　　老六和六嫂好得像一个人，常带六嫂参加同事的聚会。六嫂也不扭捏，和其他人马上打成了一片，混出几个"老铁"。这大概和她做生意有关，六嫂是搞建材的，南来北往见的都是客，嬉笑怒骂都不往心里去，和她打交道心里舒坦。没人见过六嫂给人拉过脸，可有天六嫂却和老六大吵了一通。那天下午2点半，机关里刚上班，司机班里的空调还没冷透呢，就听楼道里传来嗵嗵嗵的脚步声。一眨眼，六嫂柳眉倒竖气哼哼站到了门口，胖胖的脸上绯红绯红，进门冲老六就嚷：好你个老六，拿你当成亲人，啥也告诉你，没想到知人知面不知心，竟然吞我的货款，你怎么给我吃下去的，今天你就得给我怎么吐出来！大伙儿全怔了，然后齐拿眼盯向老六，几个平时好和六嫂开玩笑的司机也禁了口。老六一顿手里的杯子：你喊什么喊，我老六什么人你还不清楚？我会图你那几个钱么，给你截住是怕你上当，你也不弄清对方是什么货色就汇款，你钱多了撑的?！

　　你咋知道对方是个骗子，人也见过，打过多少次电话，网上也查了，这不是还压着20％的货款嘛，还有啥不放心的。六嫂明显没刚进门时冲

动，声音低了几分贝，末了加了一句：这批货已经有人预订上了，催着要呢。催你就要赶着往火坑里跳啊，亏你做了这么多年的买卖，贪小便宜吃大亏，知道不。那咋办，总不能疑心这疑心那，瞧瞅着到手的钱飞了吧。就知道钱，也不问一声为什么进门就吵，人情还不如你个钱重要。话说到这儿，六嫂瞧出里面有说头，她转脸撇了一眼屋里的人，脸上佯怒：看什么看，看什么看，没见过人吵架？没事的都出去，我和老六商量点事，晚上请你们吃饭。

逼走最后一个看客，六嫂歪到老六前面，拉把椅子坐下：老六，你说该咋办。

咋办，当然是现场交易，一手交钱一手交货。

可那得两天的路程，如果我坐火车去，来回就五天。

那也比给人骗个精光强，你要是嫌钱多，给我，我家里缺钱用。老六白她一眼，后来实在见不得六嫂的焦急相，心一软：早想好了，明天就周六，我和领导借个车，带你去，如果顺利顶多也就一天时间。

好你个老六，你咋不早说，害我急那么半天。六嫂转忧为喜，狠揉了老六一锤。老六咧嘴笑着眼往后一倒，冲外面喊：行了啊，又没啥秘密听什么房啊。哄一声，随着一阵大笑，司机班里涌进来好些人。瞧瞧，瞧你六嫂魅力多大，这么多粉丝，比我老六混得还强。

那天晚上六嫂真请了客，白云楼，去的人不少，吆五喝六热热闹闹，白天听了房的要给老六壮行，此起彼伏老六一会儿就喝高了，他举起杯子一口咂干，又倒上一杯，咬着舌头说：我老六这辈子没能耐，没做下啥光宗耀祖的大事，可这辈子就是有福气碰上三好女人，一个是俺娘，这不用说，一个俺家里的，那可是个好人，再有就是你们瞎叫的这个六嫂，都是俺命里的贵人啊，为这仨人，俺老六豁出命都肯。咕嘟，一杯酒径直下了肚。呸，啥命不命的，出门前说这多不吉利，说点儿好听的。有人强架着老六的胳膊罚他酒，六嫂在一边听得动了情，趴桌上呜呜哭了起来。

那天晚上一大桌人喝得兴味盎然，各个吐出了不少平时不愿意说的心曲，包括新司机小廖都咋咋呼呼醉话连篇，说如果老婆再三天两头给他找事，他也去外面找个红颜知己。小伙子，有种，可你就为老婆和你吵架这点儿屁事去外面找，你就是没种。老六喝得醉眼迷离，狠拍了小廖一巴掌。没人知道老六说的话是啥意思，也没人想去知道，暑伏天的晚上很燥热，冰镇啤酒里的酵母把人的情绪发酵起来了，让人觉得这日子真好。弯钩一般的月亮也在终点时一头挂在树梢上睡了。

人生一场，六嫂真没当六嫂的命。那次出门后，老六没再回来，车子在路上出事了，老六没赶到医院人就不行了，临终前大呕着鲜血，在六嫂耳朵根底下说了句什么，六嫂放声大哭。

往事如烟，回忆总让人伤感。没有了老六，机关里冷清了不少，退休有两年的梁局长每提起来总叹息一把：那个帅小伙儿啊，走迷路了。六嫂仍和几个关系不错的老六同事有来往。知情的人感叹六嫂有良心，当初老六怕她受骗截下来的那笔款子她没要，托人留给了老六儿子，说是老六在她那儿的投资。有人偶尔见到六嫂，问起近况，六嫂摇摇头无话可说。

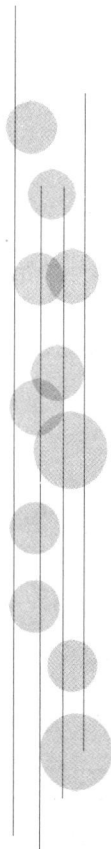

吴越外史

姑苏城外，残照似血，暮寒入髓。

站在落仙山崖边的那个人打了一个寒战。身上那袭华彩宽袍随之抖动了下，娑娑地，像浣纱女在河边常哼的轻柔歌声中的一个音符。数只苍鸦从头顶掠过，向远方的树林驶去，发出不绝的嘎嘎声。他继续望那片火海，并被那浩瀚的博大折服，眼眦外渐升出一种温柔。

他淡淡地开口，对身后的人说："叔父，你确定要取我项上人头？"

"对。"身后那个人初时的激愤在红日映照下，开始融化，受不了这光照似的，被迫眯缝起因纵情酒色淘空神采的双目。面对眼前这个人的沉静，和这让人不安的旷寂，有些胆怯了，向身后瞥了一眼，"子圉，你父王连年作恶，引兵四处征战，筑城凿河，劳民伤财，致使国力空虚，大臣不服百姓怨声载道，今天我就是要为民请命，杀你以谢天下。"

子圉淡然一笑："叔父，那是你的哥哥，吴王夫差。"

"对，我就是要杀了夫差的儿子。"

子圉叹叹气摇摇头，他的眼前出现一对小儿，在地下相扑滚爬，争抢蹴球的画面，小小的草蹴在两个人间欢腾地跳跃。

"如果我不是吴王夫差的儿子，你还会杀我吗？"他转过身，面对他称为叔父的人。

他不禁有些惊讶，眼前这个叔父多么地陌生，苍青色的脸颊尽管还算保持整洁，却难掩已经开始的颓败。精心修剪的胡须在唇角硬弯出一个小小的弧度，尖尖的，有些突兀，好像没有底气似的。

子圉复叹口气，自语道："你还是要杀我的，因为越王勾践兵临都城之外。"他眺望那曾繁华数年的城市，思绪又跑得远了，穿过御花园那道矮墙，踏进层层疏竹围绕的红砖阁楼，他的魂站在楼下，仰望楼上紧闭的窗棂。忽然，有扇窗被一双玉手推开了，他在楼下是看不到主人面目的，只见那双凝脂一般的手搭在窗台上。他叹了一口气，近年来他养出一个习惯，就是叹气，不为什么也总会不由叹气。

他难忘曾做过他老师的范蠡的嘱托，拉着他的手，要他无论何时都要保护刚刚进入父王后宫的那个纤弱的女人。那个女人叫西施。其实，有谁会不主动保护她呢，她是那么柔弱，总是微微轻蹙的眉尖似有说不尽的忧愁，一年四季白衣胜雪，轻盈得仿佛随时都会化去。当时他九岁还是十一？记不得了，记得的只是那个清逸的男子在离开时落寞的神情，和踟蹰拖长的背影。那天也是这么个夕阳如血的黄昏。

"其实，就是越王没有攻入都城，你也早想杀我。"子予默默低语。

他的叔父抵不过子予涣散的目光，借眨眼机会偏开头。

"把她好好交给范大夫。"这是子予留在人间的最后一句话。

眼睁睁看着从小一起长大的侄子倒下，被子予称为叔父的那个人呆瞪良久，突然大叫一声："为什么，为什么，你处处比我优秀，为什么你要是大哥的儿子，为什么你一出生注定有一天会龙袍加身，而我是你的叔叔因为庶出注定要做你的玩伴。"他狂乱地在啸叫的西风中大喊，最后，哽咽着仆倒在地，以头捶地，"为什么她自入宫从来没有正眼看过我一次，却因为你的出现而展出欢颜，你还那么小，她就喜欢你，后来你长大了，她更加喜欢你，为什么，为什么，为什么……"红日渐渐沉入天边，刚刚还笼罩着一层酡醉的天际，开始褪色，夜临了，四周弥漫起淡淡薄雾。子予抽搐下，脸上挂着习惯性的苦笑。

"真残忍！"一个声音突然响起。

"谁，是谁！"伏在地下癫狂的男人受到惊吓，跳了起来，舞着手中刚刚刺穿子予前胸的那把剑，胡乱向身后砍去。

"嘿嘿嘿……"那个声音冷笑着渐渐远去。

公元二零零九年，春，三月的一个后半夜，从梦中惊醒，这不知是第几次了，同样的梦在不同的夜重复出现：一只手，一柄剑，和心口说不出的悲哀。索性起床，来到写字台前，桌上一本摊开的《吴越外史》。柔和的灯光打在书面上，一行字被重笔圈起：夫差十四年，吴王大会诸侯黄池，与晋相争，越王勾践乘虚攻入吴都，吴王弟弑侄，暴太子尸于荒郊，后吴王弟偃侧自尽。越大夫范蠡亲葬吴太子。

那年旧事

大清光绪帝二十六年，庚子，公元一九零零年六月十日，中国历史上耻辱的一天，英美俄法等八国自天津长驱直入直捣北京。

这天，安大少爷正在明月坊听曲儿，眯着眼，手摇一柄洒金折扇，半依在太师椅里，穿着大白布袜子的左脚蹬开鞋，踩在枣红椅子棱上，右手中指敲着鼓点儿，与台上小白梨清脆的嗓音应和。小风儿从洞开的朱红窗户飘来，又带着小白梨让人醒神的昆腔，在屋里绕过房梁飘出去。这是个惬意的夏天大下午。安大少爷活在这份惬意里。

安大少爷字品之，自号天涯客，家中殷富祖上出过举人，安大少爷幼时读过许多书，虽算不上大富大贵，家里的牲口可也有十数头，喂牲口的马槽足足占了两个棚子，这在京郊一带也是个数得着的大户。有钱有名望有风雅，安公子悠哉地过着他大少爷的日子。然后，众多时候安大少爷的喜好就成了很重要的事。安大少爷最喜欢的天儿，就是这不冷不热天，最喜欢喝的茶是清明的雨前，最喜欢的女人是这明月坊唱昆曲的小白梨，最喜欢的乐器是自家祖传的一支箫，青翠碧绿莹莹透着清光，传说在夜深人静的月下吹奏，会引动天上的云跟着起舞，只是安大少爷没试过，他自己不会吹，所以他打算送人，送给谁？正是台上端着身量一板一眼唱曲儿的小白梨，她会，是明月坊的当家头牌。此时，这支箫就在安大少爷的衣襟底下。

安大少爷含情脉脉地睁开了眼，他望着小白梨，耳朵里还串着勾人心魄的杜丽娘返魂时的唱腔，心里涌动着柔软的情潮。他摸了摸那支箫，箫身冰冰的却不寒人，如一块和田暖玉，让人一触之下神清气爽，亦如小白梨那双明透的丹凤眼。

小白梨款款从台上走下来。如果此时不是跑来一个家丁，伏在安大少爷耳边说了两句话，小白梨这次也许会径直走到安公子面前，也许会坐在他的腿边。安大少爷天天来捧场，已开始打动小白梨的心。人心都是肉做的，做安家少奶奶，或者陪房，总胜于餐风露宿抛头露面在江湖上卖艺。可是那个

家丁一溜小跑，跑了来了。

"什么?"安大少爷一声惊叫，站了起来，白袜子踩在地上。然后来不及再望一眼小白梨，匆匆而去。半路上，他想了起来，拿出箫，抚摸一下，让一个家丁折回去，送给小白梨："告诉她，哪天我再来看她。"

安大少爷自然再没去看小白梨，更再没听到小白梨唱杜丽娘。安大少爷死了。死在大清光绪帝二十六年，庚子，公元一九零零年六月十日这一天。官府捆走了安老太爷，在天津外城区的一个港子里，罪名不详，要拿赎金来赎。安大少爷赶到天津时，正值老毛子大举进攻，成千上万的中国人涌在街上，给人赶牲口似的挤来挤去，跌倒的算是倒霉，在老毛子来前就入了阎王簿。安大少爷还没来到关押安老太爷的衙门，一把大刀狠狠砍上他的后心，手里的包袱眨眼被夺走，持刀人混入人群不见了。

没人理会突然败落下来的安府，八国联军迅速进入北京城，老佛爷都逃往西安了。

只是偶尔有人在凄惶惶的夜里睡不着时，会听到一个似有还无，如泣如怨的箫声，让人心里刮起寒冽冽的风，好像天都暗下来了，抬头望望，月亮明明在那儿，亮晃晃地挂着，只是通身不知被哪儿突然冒出来的云给遮了一层，暗淡了。

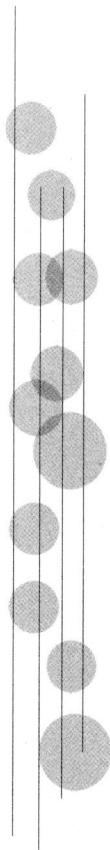

老 贾

这两年说来也怪，老贾越看越像个鸡蛋。就说老贾的脑袋吧，你说他四十五六，在机关还勉强算得上正值华年，可头顶上的头发硬是被聪明挤到了边缘地带，任是抹生姜涂生发水，就是不见新生力量收复失地。身为后勤科副科长，老贾掌管机关吃喝拉撒大事小情，人缘很好，只是老贾在机关像沉着底的石头，自三十岁从大头兵提了一格后，就一直稳坐钓鱼台，该提的，不该提的都嗖嗖从他的政治生涯旁掠过。这些年了老贾还是老贾，拎着笑脸楼上楼下跑前跑后，领导看在眼里，多少次感慨地拍拍他的肩：好同志啊！

老贾确实是个好同志，只是这些年总请假，请假多了自然影响前途，老贾知道，可没办法，家里媳妇得了尿毒症，生活自理都成问题，每月还要去医院做两次透析，还有一个常年病卧在床的老娘，年初刚刚去世。老贾确实不容易。

春夏之交一个后半夜，一把手田局的娘不打声招呼就离开了人世，田局悲痛欲绝，说着说着话眼泪珠子吧嗒吧嗒就往下掉。老贾想起自己的娘，眼里也总是湿润润的。后事由后勤科主理，老贾办这些事轻车熟路，他安排好人员、路线、仪式及物品等，仔细研究了每个环节。本来无一疏漏，火化当天也顺顺当当，该通知的人全通知到了，来悼念的人是人山人海，可偏偏往老家走时出了岔子。田局老家在市郊农村，老人有块墓地，火化后得把骨灰盒埋进祖坟，这中间自然另有一套仪式，孝子游街就是一项。田局在外风光，可在老家辈分就小得多，尤其有个不成文的规矩：孝子见人矮三辈。田局知道这些事，让老人入土为安比啥都重要，所以老家的人要怎么样事事听从，反正有老贾他们顶着呢。可田局的小子不干了，活脱儿的都市贵族，对什么风俗礼数嗤之以鼻，在孝子贤孙走到村牌坊前被拦下，要当街磕头哭两声时，竟和人闹翻了，拧着劲就是不磕。村里人不让过去，骂这家人不懂规矩对先人不敬，田局的小子憋着的火一下子被捅开了，吵的声音比谁都大，哪个也劝不下。田局气得没办法，加之这几天悲伤过度，竟说不出斥责儿子的

话，捂着胸口直打哆嗦。场面一团乱，人声鼎沸挤成一锅粥。很多人不知道怎么了，有人说在打架，后面的人就往前拥，宽敞的村口堵得水泄不通。

老贾急得流汗满脸，劝田局的小子：这是奶奶的丧事，别由着性子来。田局的小子红着眼凶狠地叫：就因为是我奶奶的丧事，他们这样明摆着是欺负人。这是农村的规矩。什么破规矩，他们不就是想摆摆威风压我们一头嘛！老贾又去求村里管事的：高高手过去算了。管事的说：没商量，老辈子人定下来的，就这样！老贾无语，望望脸红脖子粗各不相让的双方，望望里三层外三层水泄不通的人群，老贾直望得眼酸，他的心跑了，想到他那个塌着一半的家，想到没享几天福的娘，想到自己这窝窝囊囊没出息的一辈子，不由悲从中来，身子一软，一屁股蹲到地下，圆矮的身子团成个球，缩进小小的壳子里失声大哭起来。人群给他哭愣了，安静下来，呆呆看着老贾。后来，当时在身边的同事回忆，老贾那天哭得很痛，同事们都说这辈子没见一个大男人这么哭过。

老贾那天哭了很久，谁也劝不下，原本吵架的也没了脾气，快快地办了仪式匆匆走了。本来么，本家的丧事逼得一个外人哭，都什么事啊。事办完后，事主答谢，田局走到老贾面前时，什么也没说，只叹叹气，重重在老贾肩上拍了三下，最后一下间隔比前两次长，把老贾这颗鸡蛋拍得一顿一顿像要拍出壳去。

天地良心，人心都是热的，同事们倍觉老贾的不容易，打听到老贾媳妇的病欠下一堆债，就纷纷解囊，并发动下属单位捐款帮老贾一把，下属单位个个都是土财主，几天功夫就积了一大笔钱，老贾感动得热泪盈眶。又过了近半年，市里发文让报个国家级劳模，批回来后提职一格。就在人人为这个名额争破了头时，人事处长把老贾叫进办公室，说局党委研究决定把老贾报上去，问他有意见没。没有没有没有，老贾连连摇头，又连连点头，欢喜得什么似的。他向田局道谢，田局沉默良久，说，好好干吧，老贾，这么多年也委屈你了。老贾心里一热，背冲上挺了挺，人也高出许多，椭圆的鸡蛋壳子顶起道缝。

一盒月饼

二疙瘩终于走进了这个充满了威严的地界，提着月饼盒子的右手由于紧张，都攥出了水。

他怀里像揣了个急眼兔子怦怦直跳，嗓子眼儿发干，他轻声干咳了两下，喉咙里的干痰蠕动了蠕动，终于还是没敢吐出口。

他就要见到那位大人物了，他说不清自己现在是啥心境。

二疙瘩被一个穿警服的人引着，带进了会见室。会见室里空空旷旷，安静像是一个大罩子，压得人喘不过气来，二疙瘩感觉自己渺小得像是窝在木板硬椅里一只张皇失措的老鼠。

大人物出现了，还是一如平时镜头前见到的那样衣整发齐，周身打理得油光水滑，面目除了略有些消瘦外，表情依旧还是保持着一副漠然的尊严。

二疙瘩知道大人物的成长史，他姨家就是大人物老家那个村里的，那可是一个苦哈哈的小村子里，一对苦哈哈的夫妻俩，用苦哈哈的稀饭馍馍给供出来的一条蛟龙啊，直到现在大人物的成长历程也是所有父母教育孩子的典范。

现在，这个传奇人物真人就站在了二疙瘩的眼前，二疙瘩感觉自己的眼眶子里热辣辣的。

"张书记，您不认识俺，俺那屯子里托俺过来看看您。"二疙瘩局促得两手不知该放哪儿。

大人物瞅了二疙瘩一眼，他不认识这个人，也不知道这个人来见他做什么，他来到这里已有半年之久，平时除去看押他的人，就是审讯他的人，家也没了，平时前呼后拥的那堆人早不见了人影。事到如今，他的心也死了。

"哦，这不八月十五了嘛，俺屯子里老老小小托俺给您带盒月饼。"二疙瘩手里的盒子碰痛了他的腿，他连忙举过来。

"不能私自传授物品，要先通过检查。"一个警卫过来，警告地瞪他一眼，拿走了二疙瘩手里的月饼盒。

二疙瘩眼巴巴瞧着被拎走的月饼，嘴里说着。

"俺已经找您三天了，先去了您单位，又去了您家里……"

大人物肩头微乎其微地抖了两下。

"俺不知道您是咋了，可您给俺屯子里修了那条路，俺们也能雨天雪天出门了，种的粮食、菜也能拿出屯去卖了，俺屯子里老老少少感激您啊……"二疙瘩憋得脸紫红，放开了胆子说。

"俺不会说话，俺是受屯子里百十号人口托付，来给您送月饼的，您给俺们办了一件实实在在的大好事，俺们大过节的心里记着您，俺代表屯子里的人，谢谢您。"二疙瘩站起来，郑重其事地向大人物鞠了一个躬。

随后，二疙瘩转过身，以他一个庄户人最正直的姿势，挺直了腰板，向门口走去。

大人物从头至尾一言不发，他死死盯着二疙瘩的背影，漠然的目光里已经透出了一种仿佛在毫无防备的情况下，被人猛地刮了下耳光的震撼与狼狈。

他想了起来，好像曾经有过这档子事，那次他出行经过一条极难走的土路，差点儿没把他颠散，当场他好像冲谁发了一通火。其实过后，无边的文山会海，无边的应酬交际早使他忘了那件事，那不过是丛丛波浪中，极小极小的浪花一朵，有谁能在大海中记得浪花一朵呢？

入夜，月光从窗口洒进来一片柔亮的银辉。

数数日子，原来今天真的是一年一度的中秋啊。往年的此时，他会回避在外地，但门前明的暗的热热闹闹的场景，即使他不在跟前也能过后从妻子喜洋洋春风得意的神态中窥见一斑。

只是今年以后，都不会再存在了。以他所犯的罪行，他明白，等待他的只会是死刑。

但今天，那个无意中得到了益处的屯子里，竟然派人给他送来了月饼，这不能不让他从心里感到了一种震惊与震撼。

他在这方寸室内踱来踱去，不知踱了多少个来回。终于，他下定了决心，坐到小桌前奋笔疾书："敬爱的组织，我犯了罪，我愿意以我诚实的坦白挽回力所能及的损失，并唤醒忘记了老百姓的大小官员们……"

鸟过无痕

高晋友轻手轻脚挪开妻子搭在自己身上的大腿。妻子动了动，脸在堆满秀发的枕头上蹭了两下，嘟囔了一声："到点了?""嗯，到点了，火车不等人啊。"高晋友理了理妻子的头发，亲亲她已不再年轻的脸颊："你接着睡。"不大会儿，妻子又发出轻细的鼾声。

昨天预报今天是晴天，出门却发现大雾弥漫，十几米远望不到人影，雾气中夹着凉凉的雨丝。高晋友抖开衣领，抓着包，快步向小区外走去。他这么早赶往火车站，却不是如对妻子所说去出差，而是去接一个女人。想到要接的那个她，高晋友心里的某块地方甜蜜地轻吟起来。他总在空暇时，想起那场际遇。

那是他参加一个培训，最后一个节目是爬山。山，很高，到达山顶平台时，风势强劲，山风猎猎作响，薄薄的衬衫拍打着身体，乱发狂舞。高晋友喜欢这种与劲风博斗的感觉，这似乎唤醒了他身体里的某种力量。他张开双臂，真想大喝一声，可还没容他发出声音，一声惊叫自身后响起，回过头，他看见一双女人求助的眼睛，她跌坐在地，左手按着左脚，好像是扭伤了。

咔嚓嚓，一声巨雷在头顶炸开，山风携来一片黑云，铺天盖地将山顶罩得伸手不见五指。

"啊——"又是一声惊叫，那个女人被这突如其来的变天吓得惊慌失措。

他想也没想，直接奔了过去，将她护在怀里……

事情就这么戏剧地发生了，雷声响过却没有下起雨来，也许那片黑云是过路的，被风吹来，又被风吹走了，可他的心，却在那时被吹乱了。他背她下山，一路上他们像是久别的老友一样交谈，大有相逢恨晚的感觉。

后来的发展似乎顺理成章。他们生活在不同城市，手机与网络，成了他们传达感情的通道。没有多久他们已经彼此相当熟稔，一个字，一个词，都会引起共鸣，在心底涌动起一种亲昵的暧昧。

她的曼妙与柔弱引发了他内心不可扼制的柔情与冲动。当他们再次相

会，他问她那天为什么会那么相信他时，她蜷伏于他的怀中，鬓角在他微露胡茬的下巴摩擦下显出醉人的酡红。"我当时很害怕，眼前只认识你一个人，我见到你的样子觉得可靠、安心，就这些。"

"有没有其他，有没有其他……"他期待从她的唇里吐出更令他满意的答案。

"不知道……"她想了想，最后放弃了。

高晋友曾有过对妻子感到不公与罪恶，他不想放弃十几年的婚姻，可又割舍不下这份让他感觉青春的心悸。今天，他们约好会面，她乘车过来，然后再乘下一趟车到他们约好的地方。他对妻子编了个烂理由——出差，他觉得他就像是患了高热症的鸟儿，为了心目中的她，已经烧得不顾一切，只想一心向她飞去。

高晋友再看看手机，火车到站还有十几分钟。他还是来早了。

"嘀嘀嘀……"手机短信音乐响起，高晋友马上举起手机。

"对不起，我不能去了，我先生病了，我不能离开他。生活中有许多的取舍与无可奈何，人不能活得太自私，自己的心情有时真的不能太算什么。再见，曾经的朋友，好好过自己的生活，最好不要再见面了。"

震惊，高晋友今生今世从未有过的震惊。

他迅速回拨去那个号码："对不起，对方已关机，请稍后再拨。"再拨，又是"对不起，对方已关机，请稍后再拨。"再拨，再拨，再拨，N次的再拨，依旧是"对不起，对方已关机，请稍后再拨。"

整整一上午，他游逛于火车站附近，每趟车到站他都会走近一一辨认，暗暗希望那条短信是个玩笑。

下午3点多，他回到了家。妻子望着灰头土脸的他一脸惊奇："咦？回来了？这么快啊。"

"没去成，单位临时有事加了会儿班。"他顺口编了个瞎话搪塞过去，奔进了卫生间。

"你们单位也真是的，星期天不是让人出差就是让加班，每月才给多少钱啊……"

妻子接下来的声音被关在了门外，高晋友忽然觉得自己真傻，像是做了一场风花雪月的梦，和自己的心情开了个玩笑。他苦笑一下，脑子里闪过不知在哪里看到的一句话：

天空中没有留下鸟的翅膀，而我，已经飞过……

两 根 藤

　　我一见二爷的面，就知道他不行了。当时二爷正蹲在家门口菜畦子里，左手执一管旱烟，右手操一把葫芦瓢浇地。菜畦子里的西红柿秧子在吐着毒火的日头下蔫头耷脑泛着灰白的绿，红艳艳的果子隐在叶子间发着透人的亮。午后的阳光穿过秧子的叶，打在二爷的这半边脸上，显出一种近乎透明的斑驳，凹进去的脸颊像能放得下一个苹果。

　　我有些害怕，举着手里的冰棍，拿不定主意是不是和二爷打声招呼。就在这时，还剩下三分之一口软软的冰，突然掉了下来，一下糊在左脚面上，"嗞"的一声迅速融化，变成一股冷气冒着烟飘飘散去。啊，我的冰棍。

　　二爷听见动静望到我，起身舀了瓢水，走过来帮我冲脚，看我还哭丧着脸，刮了下我的鼻子，呵斥道：这点儿小事就这样？长大还能出息不。他把我扯到菜畦子里，挑了个最红的西红柿，洗了洗塞过来，揉揉我后脑勺，笑了："和你爷爷一样，大把子头。"我至今也不明白他说的那个爷爷是说我亲爷爷，还是说他这个二爷爷。他推我一把："上学去吧，别迟到。"临走，他摸索着裤兜掏出一张两角毛票，放我手心，"好好学习。"

　　这是我唯一一次与二爷的近距离接触，他脸庞与奶奶屋里相框中我亲爷爷的脸庞非常相似，只是没有爷爷那股子神采飞扬的神气，要暗郁苍老得多，是啊，相框中的爷爷自然是要比现在的二爷要年轻，爷爷去世时我还没有来到这个世上。

　　二爷的钱我没敢花，下了学整整齐齐折叠着交给了奶奶。"老东西，算他还有人心。"奶奶听我说完经过，扯过那两毛钱，恨恨地吐了口唾沫。

　　在奶奶看来，二爷给我那二毛钱，是天经地义的事情。想当年，我亲爷爷在世时，可是场面上有头有脸的人物，二爷当兵回来后分到一个大厂工作，都是他这个当大哥的一手操办，包括风风光光娶上媳妇。可惜天不假年，我爷爷去得太早。"丢下俺们孤儿寡母给人家欺负。"奶奶每说到这一节都会呜呜哭上一回。尽管那时我还不过是个毛头小孩子，可隐隐约约已经知道，这个"人家"，是指我二奶奶。

如果说世上比我那铁拳父亲更可怕的人是谁，那非二奶奶莫属。

领教二奶奶是在大年初一，母亲和婶婶领着我们一帮孩子去二爷家磕头，进了门庭，还没到大屋呢，一团喜气刚堆上母亲和婶婶的脸，就见二奶奶肥硕的身子风一样从屋里冲了出来，大巴掌拍得啪啪响："我的个老天爷啊，大过年的做败人哩，哪有死了人的往人家来的。"

唰，婶婶脸色一下子煞白，身子像被雷击一般摇了几摇。农村有个规矩，当年家里如果有老人不在了，做子女的过年不能出门拜年，婶婶家不在的是她哥哥却不是她父母，没想到二奶奶会拿这事开刀。

"婶子——"母亲也惊慌起来。

"大过年的，咒人死啊，黑了心肠啊……"二奶奶啪啪拍着她的大蒲扇，捽着鼻涕，像每月初一、十五在桥头唱善佑歌那样抑扬顿错拖着长调又哭又骂，声势浩大，来拉她的二爷被踢了几回跟头，引来串亲戚的人们围了个车水马龙。我不记得我们是怎么逃出来的，母亲握着婶婶的手哆哆嗦嗦虚浮着向家走去。

我回头望望着这个疯魔上身的二奶奶，实在想不明白，这是那个每月初一、十五在庙前唱善佑歌的那个么？那个人在唱善佑歌的几个全福奶奶中最引人注目，油密的头发光溜溜向后梳着一个后髻，右手执一面长穗善鼓，高高翘着兰花指，左手执小小鼓锤，精巧地和着鼓点旋转着边歌边舞，边舞边歌，宛如与神灵接近的圣姑，慈眉善目神情热烈而投入，肥胖身体不再是她的缺陷，而辅助了她的舞蹈，使她犹如一面盛极开放的牡丹，在人前绚烂地飘动。

来烧香的奶奶碰见二奶奶跳舞，忍不住酸意骂一声"浪"。这群舞者必须是三乡五里的全福奶奶，爷爷不在得早，奶奶是没有这个福分的，而且，二奶奶确实是早先就出了名儿能歌善舞。

更早先时，村里常会请来一班草台子搭台唱戏，有时是村里庙上组织，有时是谁家红白喜事，隔三差五就会铿铿锵锵热闹一回。二奶奶年轻，模样俊嘴又巧，后来竟然能在人家戏台子上客串起角色来。二奶奶的名气与日俱隆，或许二爷就在那时沉迷于二奶奶的声望中，像一头发了高烧的骡子，泛红着眼睛日夜随二奶奶活跃曼妙的身姿打转。那时二爷刚退伍回来，爷爷又给二爷找了份好工作（在那个年代，能进厂当工人在村里要算了不起的事情），还有爷爷名气显赫，那年就这么着，撮合成了二爷与二奶奶的婚事。

跳善佑舞时，二爷极少来，来也是混在人堆中远远地观望，他怕二奶奶

那巨硕白眼砸向他的脑袋。曾经很早前，有一次，二爷耐不住别人撺掇接过大鼓手里的鼓锤激情昂扬地敲打起来，却被二奶奶一脚踢了回去。

自我懂事后，听得最多有一个关于二奶奶的一个笑话：二奶奶在和二爷打架时总会先号啕大哭道："俺当年可是不愿意的啊，还不是仗着你家公社有人，抢了俺……"

现在，我四十有三，二爷二奶奶也去世三十多年了。他们去世时间相差不过十天，二爷先走，然后是二奶奶，有人说，二奶奶是给二爷抓去的，二爷生受二奶奶气一世没翻得了身，死后要当一回堂堂正正的男人。

清明节祭奠祖坟，在给二爷二奶奶烧纸钱时，竟意外地发现，在二爷和二奶奶合葬的墓碑上，奇怪地生长着两根叫不上名字的青藤，已经爬上了碑顶，在失去了攀附的虚空里拧在一起……恍惚中，又见二爷被二奶奶撵得满世界躲藏，却在这里纠缠到一处。野风吹得我不禁打了一个冷战，摇摇头，苦笑着最后望了一眼那两根纠缠在一起、不离不弃的青藤，安息吧，也许，在列祖列宗的眼前他们会安静下来。

清明的风凉飕飕地从坟地上旋过，卷起化成了灰了的纸钱四散飞舞……

后　娘

　　孙老二抽了媳妇一个响亮的嘴巴子。一时间死静死静的，餐桌旁三个孩子六只眼睛全盯在孙老二身上，4 岁的么儿惊恐地一时看看爹，一时看看娘，撒开了葫芦瓢却又不敢哭出声。

　　事情的起因是由于二丫的一句话，她拿起筷子吃饭时孙老二的媳妇对她说，告诉老师后天的校服费一准交上去。二丫呼噜了一口粥："不用管了，已经交了。"

　　"咦？啥时候交的？从哪儿拿的钱？

　　"俺奶奶给的。"

　　"啥？"两个大人登时警惕起来。

　　二丫大概知道自己说漏了嘴，吞吞吐吐不敢再说，悄悄把碗向桌子里面推去。

　　"咋回事？老实说，那可是 120 块啊，她一个老婆子哪有那么多钱。"孙老二的媳妇瞪着一双眼逼问。似乎眼前就是那个再旧的衣服也收拾得平平坦坦，总也梳着溜光水簪，默言寡语却长着一副深谙世事眼睛的婆婆。她不喜欢这个婆婆，她不喜欢她那双眼睛，仿佛时刻在嘲笑她的窝囊与无能，似乎在笑她养孩子更像是在养猪。

　　"俺奶奶不让说……"

　　"说不说，给你就要？说不清她那个钱从哪儿来的。"孙老二的媳妇也许是气急，只不过是在教训孩子一时口不择言而已，从她嘴里蹦出来的话向来比她脑子的旋转速度要敏捷，所以，就发生了开头的一幕。

　　打了人的孙老二赤涨着脸，怒视着老婆。刚才他老婆的话犯了他的大忌，触痛了他心里的一块隐疤。现在村里传疯了，说他娘天天后半夜去找村西头的刘破烂，老婆的这番话就像是当面给了他两耳刮子，一下子点着了他的心火。

　　他娘住在村西，那是村里划给他宅基地后留下的老房子，三间头，独门

独院，再往西就是个垃圾场了。这里还有一些老户，和他们家一样，新的宅基地都给孩子那辈子人盖去了。说来这个娘并不是孙老二的亲娘，他的亲娘早就过世了，那时他已经半成年早记事了，亲不亲后不后明白得很，他还记得当时是他狠挨了他爹一捶才勉强叫的娘。那个女人眯缝着眼轻轻"哎"了一声。他很少叫她娘，打他爹去世后更是一声也没叫过。用他的心思，这都已经习惯了，喊不喊的都也是一家人了，不过这一家人却疏远得很，所以他成家后划给块宅基地就匆匆搬了出去。

他孙老二摸着良心说，对这个娘还算是够接济的，逢年过节，隔三差五的都会送米送面过来，每月的月钱 20 块，不多，不过对一个不出门子也没啥大开销的老太太来说也能说得过去，村里的许多老人也不过如此了。

孙老二干了七八年的村办小工厂年头里倒了闭，还好他有一门电气焊的手艺生活才不至于陷入困顿。就是这样，他每月也没断了月钱，孙老二思前想后想不通，他还有哪里做得不好，让这个"娘"竟然老杏出墙给人说三道四，丢他老孙家的人。

那些疯言疯语烧得他坐不住脚，盼到了夜深人静，悄悄起身猫向老宅子。

许是他来得晚了？老宅子大门上了锁。他想都没想，直接向刘破烂家走去。

这天的月亮可真明啊，把脚底下的小草都映得通亮，路过的几户人家都熄着灯，孙老二像做贼一样掩着自己的声息，却仍听得到自己牛一样呼呼喘气的声音。

村口的垃圾堆得两人高，在明晃晃的月光下反射着怪异的光，各种垃圾也在月光下发酵着难闻的气味。村里各条街每天都有人把各点上的垃圾运往这里，这里是个存储场，三两天村里就派辆大车拉一回。

由于村子整体在向东发展，这里四周又凄冷得很，所以平时罕有人至。在夜光下，这个垃圾堆像个怪兽趴在当地，更像是一个容易引人联想的犯罪现场。

"刘老哥，你看看，这个东西能卖钱不？"一个苍老的女声毫无预警地响起，惊动了一只耗子从孙老二脚下嗖地窜过。

"这个造纸厂要，单独放，和别的掺一起就不值钱了。"又有了一个老男人的声音。

"哦，这拾个破烂也这么多学问啊。"

"可不，可这活儿不着人待见，被人看不起。"

"嗯，要不俺晚上才敢出来，怕别人见了给俺儿抹黑，好像孩子不管我

似的。就是麻烦你晚上也不能睡，带俺两天，等俺明白了就自己出来。"

"说啥呢，反正我睡得也晚。你说你吧，也不算过不动了，吃喝孩子也管，安安实实干干净净的多好啊，做啥也和俺这没人管的孤老头子一样掏垃圾呢。"

"唉，孩子艰难啊，厂子倒了，起早贪黑去外边干活挣的也不多，家里有仨崽儿，还得顾着我这个没用的老婆子，趁我还能动，能给孩子省俩是俩吧。"

"大妹子哟……"

孙老二抬不起自己的腿走路了。

月上半空，孙老二的后娘背俩布袋向家走来。

蓦然发现，一根半截树桩直直地立在自己家门口，她眯缝起昏浊的老眼借着月色上下打量。

"娘——"

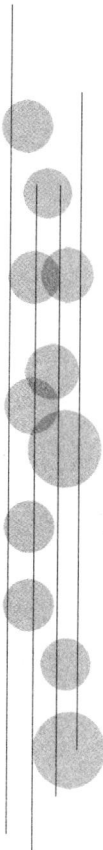

父　亲

这是个收拾得干干净净的小院儿。整整齐齐的青砖漫道，直达迎门三间北房。右首紧邻正房的应是间厨房，房门紧闭。左首种着一棵梧桐，有一人粗，浓密的叶子绿荫如盖，在这个三伏天给这个小院带来一丝清凉。树下有个石桌，几个小板凳散散地放在周围。

杨柳站在小院中，对这个小院心里依稀有点儿熟悉的感觉，再仔细追忆又抓不住是在哪里见过这个小院。

"有人吗？"她扬声冲房内喊道。

屋里寂静无声。

她踌躇一下，移步向正屋走去。她专程代公司经理为他的恩师祝寿，听说每年这个时候，经理都会亲自到老师家中来，但今年有事来不了。

房门没有锁，她敲了敲，再一次喊了一声。依旧没人答应。只好推门进去，打量这间客厅，简简单单只有几件家具，最显眼的要算是一张张镶框照片，几乎挂满整面墙。

她在那些彩色照片中很快找到了经理，他站在一个瘦瘦高高的老人身边，这老人仪容清峻，尽管只是在照片上，也能明显看到额上三条挺深的抬头纹，这应该就是经理的恩师了吧，给她的感觉这位老师尽管已经年纪一大把了，但仍旧是个倔强的读书人，也许当年的老师都有几分这样的傲气与傲骨吧。

临来，听经理说起过若干他恩师的事情，这位老人把一生都投掷在当地的教育事业上了，可谓桃李满天下。老师曾资助若干孩子读书，他就是其中一个，孤儿院长大的他从小学开始，就生活在老师家，在老师这里享受到父亲般的爱。他，就是我的父亲。经理动情地说。没有老师也就不会有我的今天。

一个是执著的教育工作者，一个是感恩的学生，杨柳明白这是怎样的一份慕孺之情。她从小没得到过父爱，父亲和母亲在很多年前就离异了，童

年、少年乃至到现在，每每想到"父亲"这个词，她都会在心里有种隐隐的蚕食般的缺失痛，所以她很羡慕有父亲的孩子。

小院寂静无声，还没有人回来的迹象。

杨柳只好把目光又放在墙上的照片中。这些照片应该有好几十年的历史了吧，有彩色的，有嵌彩的，还有黑白的，照片中人物的穿着也随着时间而有不同的变化。

突然，杨柳在一堆黑白照片中发现了一个极熟悉的影子。一个小女孩儿，一身棉衣，头顶虎头帽，脚穿虎头鞋，戴着一副长命锁，坐在小木马上咧着嘴在笑。这不是她吗？

杨柳揉揉眼睛，不相信地再次盯紧这张照片，没错，就是她，上面还题着字"最宝贝的女儿柳柳——1周岁留念"。

记忆的大门此时，在杨柳的心上轰然打开，震得她脑子嗡嗡作响。

她有些激动，模模糊糊地有些明白为什么经理会花重金把她挖了过来，并让她在这个日子来到这里。

门口传来一阵跟跄的脚步声，转头望去，经理正搀着比照片中更显苍老的那个人向屋里奔来。

"老师，您慢慢地走，我终于给您找到失散多年的女儿了，跑不了的，跑不了的……"

老人双眼微红，蒙着一层泪花，蠕动的双唇不停地念叨着："孩子，孩子，孩子……"

他的脚几乎走不成路，身体向大屋的方向栽来。

她知道那丝熟悉的感觉来自哪里了，这是她的家，她的生身之地。当年她三四岁的时候，跟随当年是老知青的母亲返城离开这里到遥远的城市后，就再也没有回来过，不是她不想回来，而是随着岁月的增长，加上人为的因素，她已经淡忘了这里。

她抑制不住自己的感情向老人扑去："爸——"

鞋　垫

周末，我带着孩子去子建家作客，也是给在他家的奶奶老人家请个安。

奶奶见到我，满脸纵横交错的皱纹笑成了绽开的菊花，不顾别人的搀扶，乐和和地颠着小脚，捣着拐杖向我跑来。

"涛涛，你可回来了，吃饭了没？"

我迎上去扶住老太太的胳膊："吃了，吃了，您老人家身体还好吧。"

"好，好，好。就是你不在，家里冷清啊。"

"这不是忙吗？抽空我就来看您老。"

"忙，就知道个忙。"老人家嗔怪地扯了下被我抓住的胳膊。

"涛涛你来，看看娘给你做啥好东西了。"

老太太拉着我打开床边儿那个老檀香木柜子，自己在里面摸索半天，嘴里咕噜着："噫？我就放在边儿的呀……"

子建连忙走过去，从柜子的另一个角落拿出一样东西："奶奶，你是在找这个吧。"

"可不是，"老太太高兴得不得了，她抓过来，塞进我手里，"涛涛，试试，娘给你做的鞋垫，你说过最喜欢穿娘给你做的鞋垫，软和又吸汗。"

我捏着手里那一叠有些陈旧的鞋垫，望向子建，和他相对微笑。

儿子这时从外面跑了进来，刚才没人注意到他，他去逗狗玩了。

老太太猛地盯住了这个莽撞的小人儿，撒开我的手，笑吟吟地走过去："涛涛，放学回来了，饿了不，锅里有刚下屉的热馍馍。"

她招手给儿子，向老檀香木柜子转过身来，一副藏着好东西的架势："快去洗个脸，娘刚给你做好一双鞋垫，试试合适不。"

另一边的子建向我使眼色，我忙递过手里的鞋垫。

儿子一脸的莫名其妙，张口要喊"爸爸"，我阻止住他，望着老太太在老檀香木柜子里搜索，心里是酸酸的，又热乎乎地感动。

　　涛涛是子建父亲的小名，子建的父亲早在十几年前就不在了。岁月如风，什么都在消失，已过古稀的老太太心里只有对儿子的记忆。

　　这样错认人的戏码我已经历无数次了，每个上子建家里来的人，都心甘情愿地做"涛涛"。

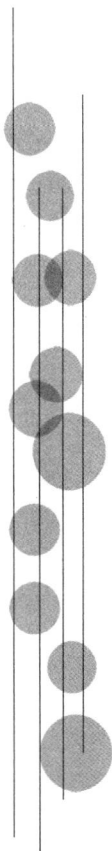

迷迭香盛开的晚上

穿过丛丛人群，你很难不把她看在眼里。她宛如一枝静好的淡蓝洋槐，姣好的身形裹在合体的旗袍里，闪闪烁烁，从这堆人飘进那堆人。

这又是一场大型展销会，这些年我像迁徙的候鸟，在许多这样的展销会、交易会、洽谈会等等相类似的酒会里游弋。在这里能遇见许多貌似熟悉的面孔，而她，我的确是第一次见到。

她很像我大学时代的恋人阿媛，乍见她时，我几乎错认是阿媛在断断续续纠缠我近十年后，终于耐不住寂寞从梦境里走了出来。

许是我数度瞩目引起她的注意，她终于走向我。

这是一个善解人意的女人，气质尤佳，见识不俗，洁净的双眼看不到生意场上那种杂质。这样的女人让人放松。慢慢我们的话题就偏离了。走在宾馆花园里的廊间，我向这个陌生的女人讲起阿媛。

阿媛，像刻意挡在窗外的风景，不打开窗帘仅是知道她在那里而已，追忆时却总让人心生隐痛。没想到你是这么深情的人。这个像阿媛的陌生女人说。

宾馆里灯火如焰，人人不放过任何一个成交的机会。室外静寂空空荡荡，差不多是午夜光景了，时间在灰暗的树影下走得很慢。有一股异香扑进鼻腔，我打了个喷嚏。哈，她笑了，说，这是迷迭香的味道。

她说，迷迭香别名海洋之露，是航海家的守护使。传说在欧洲航海时代，有艘船遭遇飓风被冲到一个荒芜的小岛，食物和淡水都没有了，在所有船员绝望时，年轻的船长被一种奇特的香味吸引，走向森林深处。他看到在一棵迷迭香旁一位美丽的精灵正吹着长笛。优美的曲子深深打动了船长。精灵和船长相爱了。精灵帮助船长找到回家的路，但是精灵不能离开小岛，否则就会受到上天的惩罚，他们必须分开。精灵告诉她心爱的人："我会一直守护着你，直到永远。"十年后船长在海上再次遇险，所有船员惊慌失措，突然一道光芒闪现，船长指挥船向着光芒驶去，他们得救了。船长发现发出光芒的正是那个小岛，他在当初他们相遇的那棵迷迭香那里看见了她。精灵为救船长力竭而亡，在船长怀中化成缕缕光芒。船长带着迷迭香回到了自己的故乡。从此他们的故乡种满了迷迭香。

这是个忧伤的故事，我躺在她的故事里睡着了。梦里是一丛丛的紫色迷迭香。

我和她自分别后再没有单独见面，远远碰到点头微笑。我们之间什么也没有发生却又像有了很深的交情。前一夜的浪漫，像一朵别在胸前的丁香，鼻息处不断有暗香袭来，细看又是似有还无。

展销会总有出人意料的怪事发生，不时有客人到前台报案有物品失窃。几百人集聚一起，鱼龙混杂，大家在庆幸自己的同时又相互警惕。

宾馆加强了保安，可还是不断有人报案。查看监控录像，在那些失窃现场总也看不真切面目，窃贼有时似乎是个年轻女人，有时又似乎是个老年妇女，有时又像大腹便便的中年男人。宾馆经理一筹莫展。窃贼是个高手。

这些热闹一直充斥展销会整个过程，只有少数人没有遭受损失，我是其中之一。

展销会最后一天，公安带走了一个人。我没有想到，是她……

带着一堆苍白的合同，我木然收拾行李。在退房要离开时，一个宾馆服务员走到我面前，手里拿着一束花。她说，是一位女士昨夜打电话交待她送给我。

我知道，这是紫色的迷迭香，也知道是谁送的。还知道迷迭香别名海洋之露。它的花语代表"纪念"。莎士比亚在《哈姆雷特》里写道：迷迭香是为了帮助回忆，亲爱的，请您牢记。

总有一些城市会路过，总有一些人早晚要相遇。在这个被阳光打得湿透的下午，我手捧一丛紫色迷迭香走向车站。左半边心室微微地酸，右半边心室微微地甜。一切真的很美好。

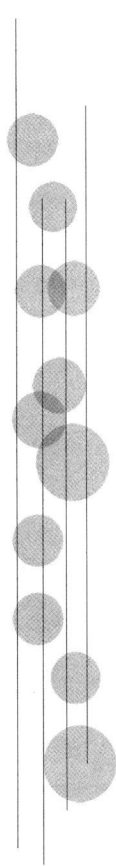

姐　妹

　　她不姓叶，不姓邺，而是姓夜，中文汉字简体总共八笔，她是行走在夜色陆地上的八足鱼，黑暗中窗里窗外进出的猫。有关夜的记忆她总是很清晰，要不清晰真难，对她来讲，夜与某种痛楚相连，而痛楚却是人体感官唯一的真实。痛得厉害时她就出去逛，比如像今天，逛到了市区的公园湖畔。夜色下的湖畔，是人来人往的孤单，守着这份孤单总胜于什么也没有，尤其偶尔会出现一份惊喜打破这种孤单。今天意外碰到同事刘，还没容打完招呼，又有婆婆来到了身边，婆婆身边儿走着邻居张阿姨。

　　这一刻很尴尬，她满脸绯红，向婆婆介绍同事刘。婆婆瞥她一眼，严肃地向同事刘握手问好，临走不经意地向她说，昨天彭柏寄来点儿东西，明晚给她送去。

　　彭柏是她丈夫，在内地一座城市的办事处长驻。她去过那里，那天正是满城乱花飞雨时，栀子花盛开在街道两侧，像含羞又风情的摇曳女郎，空气中到处浮荡着清清爽爽淡雅的花香，无孔不入，丝丝入密，街道是香的，房间是香的，连人也是香的，外来物没浸透这种花香，就显得有些格格不入，有些俗，所以那次没待几天她便匆匆离去，几乎可以说是落荒而逃。她的丈夫彭柏也没多加挽留。

　　第二天婆婆如约而至，八点二十分来到的楼下，手里拎着两个袋子，袋子里鼓鼓囊囊，放到茶几上时，发出"咔"的闷响。

　　婆婆端坐在沙发上，呷着茶沉默着。小夜耐不住压抑，抢先解释昨日和同事刘是凑巧碰到的，婆婆像是没听到依旧呷着她的茶。当小夜开始气馁自己越描越黑时，婆婆放下杯子开始解袋子，一堆东西哗啦涌了出来，四散着溅到桌面上。

　　"这是小柏抓周时抓的锁片。"婆婆捡出一把小小的银锁儿，指肚爱怜地摩擦有些泛黄的表面，"当时正是大夏天，小柏光溜溜儿地在床上满世界爬，摆的东西都摸遍了，他就是一个也不拿起来，我们都要代他着急时他高高兴

兴举起了这个。"婆婆嘴角露出回忆的笑意。小夜可以想象当时一屋子人宝贝地围着床上那个小孩子，尤其是婆婆和几年前去世的公公，年轻的眼睛里如何绽着希望。

"这是小柏小时候玩的几件玩具。"小夜望去，有一个陀螺，因为早年被人无数次地摸索，现在仍是油黑发亮，还有一本破损的漫画书，小时候她也有一本儿，还有一个寸把长、灰头土脸的玩具熊，想到小彭柏手里曾握着这只小熊，爱不释手地研究，小夜心里有一根柔软的弦被拨动了。

"这是小柏上幼儿园得的第一个奖。"婆婆小心翼翼打开一张折叠的纸，"这张画粘在幼儿园展示板里，整整挂了一个月。"婆婆解释，"他们班是小班，其他孩子有的还没适应幼儿园生活呢，就他一个人画了出来并挂在那里，老师为此给了他一朵小红花。"

"小柏一向很优秀。"小夜黯然喟叹。

"这是小柏小学、初中、高中时得的。"婆婆从袋子底抽出几摞厚厚的塑料档案袋，奖状、证书仔细地装在里面。婆婆打开，向里望望，却没有掏出来，年代久远的书报味儿散将出来，淡淡地弥散向房间各个角落去，似乎要通过时空障碍，与房间主人的气息遥遥呼应。

只是那个"主人"有多久没有回来过了。小夜的眼眶有些发红，她借口打水立起身。

等她回来，婆婆面前又摆出几样东西，婆婆在发愣，呆呆地望着眼前，小夜坐在一边不打扰她的回忆。

人是懒惰的动物，有些过去以为忘记了，等到哪天时突然又自己泛滥出来，挡也挡不住。小夜陪在婆婆身边，守着婆婆带来的那堆"历史"，有关于彭柏的记忆从四面八方宣泄而出，她与他的相识、交往，过去、现在，整个悲悲喜喜的过程一一从眼前流过。好久之后，她发现自己已经泪流满面。

"孩子，别难过了。"一张纸巾递了过来，婆婆伤感地盯着她。

"您都知道了?"小夜有些心虚，慌忙擦了擦眼睛。

"以前不肯定，小柏这几年很少回来，我问过，他说我瞎操心，你也不告诉我。"

小夜起身从屋里拿了一个绿封皮的折子，沉重地放在婆婆面前。

"他不让我告诉你，并力所能及地照顾你，这是我们离婚协议里定的。其他一切如旧。"小夜打量下这个空房子苦笑连连。

"他就这么抛弃了你?"婆婆老泪纵横，"也抛弃了我这个老太婆啊。"

小夜顾不上自己难过，手忙脚乱地安慰着婆婆："您别难过，彭柏瞒着不是怕您不高兴嘛，还要我抽时间照顾您呢。"

"不一样啊。"婆婆一把搂住小夜，"苦了你了，孩子。"小夜也抱着婆婆失声痛哭，两个敌对若干年的女人因为同一个男人，在这一刻成了血肉相连的姐妹。

这一夜婆婆没有走，两个单身女人聊了很久，今天的夜有了暖色，看得到窗外的星星，一颗两颗很多颗，安静地排列在一起。

李小莉的手

我知道这不是做梦。李小莉真的在那儿，和几个月前来应聘时一样，清清淡淡，不拘泥、不张扬安静得像棵树，却又明艳照人，闪闪发亮的眼睛顾盼生辉，放进人堆，一眼就能发现她倾泻出的光华。李小莉站在灯柱下，远远端详着我，沉寂的暮色挡在那双眼睛上，猜不透眼睛底下的灵魂在想什么。

我坐在公园长椅上，舒展身体享受盛夏晚风带来的凉爽，空气中弥漫着让人打瞌睡的慵懒。烘烤了一天的热流催毁了我的神经，我不想动地方，望着李小莉，等她自己走过来。

她会来的，我知道，因为那笔钱。

那笔钱不是她的，也不是我的，说实话，它属于任何人，它是隐形的大鸟，只在某些人的天空里舞动着灰色的翅膀，发出吧嗒、吧嗒动人心魄的声响。我是连接它的那根线。不小心，这只隐形的大鸟迷失了，飞进不相干人的口袋，而这个口袋的主人——李小莉，此时正站在公园一角夜幕中的灯柱下打量我。这女孩儿有着明亮亮的眼睛，当这双眼睛专注于某一点时，如觊觎猎物的猎犬，全身心都小心翼翼收敛声息，等待捕捉收猎的机会。几个月前她站在几个佼佼者中间，我一眼就看出她躲在内心的潜能。这种潜能如河床底下的暗流，平时不引人注意，但关键时却能起到不可估量的作用。我需要这样的助手。

李小莉是好女孩儿，和我相处带着几分怯生生的尊敬。她叫我"老总"，嗓音懦懦的，有着江南水乡的味道。李小莉有一双好看的手。白皙又修长，细腻腻的如滑行在柔波里的游鱼，我喜欢看她的手，却从没有刻意摸过，只是在存那笔款子时，无意中碰触到它。当心照不宣的酒宴散场后，我醉了，弯着腰，如河里一只正在褪壳的大虾，耳边回荡着激流翻滚的拍打声。扶着银行柜台冰凉的台面，我一头扑在旁边的坐椅上，在流水漫过脖子前，拿出证件，写下几个帐号递给李小莉。就在这时，我碰到了她的手，果然嫩滑如玉，温存得如一丛阳光中的水藻，把我的心柔软地抽了一下。她怔了怔，亮晶晶的眼睛笑了，轻轻从我手中拉走东西，转身填单子。再后来记不清了，我的思绪在她柔白的手里飘来荡去。

对一个不运行于自己命运轨迹的人存有非分之想是有罪的。当我发现问题，已是第二天下午，空调柜机把室温降到 17 度，也挡不住我汹涌流出的汗水，目瞪银行存根，眼前一阵眩晕。存根上款子总金额不错，名字却不对，"李小莉"，这个普普通通的名字像一条蛇紧紧缠在了我的手腕上，盘踞进我的心里。

说实话，尽管这些天我焦躁不安，却不想李小莉在这儿出现。

我是陪老婆出来的，老婆在闹哄哄的广场大跳"冬不拉"，和一群人疯狂地扭动着已不再青春焕发的腰肢，肥硕的臀部和赘肉横生的肚子，使每一次跳跃都掀起壮观的波浪。从我的位置抬眼就能看到她。来时路上，老婆一如既往喋喋不休数落出一堆不是，似乎我是万恶不赦的罪徒，可我不想这会儿让她扫兴。

没有办法，李小莉在灯柱下直勾勾盯着我，眼神烁烁发光，我知道，这一次我是她的猎物。在两名穿迷彩的公安从天而降后，我站起身，伸出手腕，希望他们能帮忙拿掉那条纠缠不休、让我寝食难安的毒蛇。早晚会有这一天的，和那头大鸟待的时间太长了，自己都嗅得到自己骨子里有鸟的体味。他们是受李小莉指引，一路追踪寻迹而来。

灯柱下的李小莉笑了，亮光光的眼睛宛如月光下一泓深不见底的寒潭。我没有看走眼，这姑娘身上的潜能果然无法估量，只是她此时正蜷缩在我老家梨树下的红色旅行箱里。美丽而冰冷的胴体柔顺地挤在花绸子隔断间，她再也跑不掉了。那天我赶赴她凌乱的宿舍，把她堵在正仓皇收拾的卧室时，那双亮晶晶的眼睛惶恐而疯狂，让人终生难忘。这女孩子的勇气确实不容小觑，她不该告诉我她已掌握我这个行当的秘密，如果我不放过她她就要告发我。所以，可怜的女孩子只有接受她的命运，躺进似乎是为她自己准备的红色旅行箱里。她的手真的很好看，我禁不住吻了下，再一次细细观赏：很白，即便是淡淡的淤紫也难掩这双手洁白的质地，修长而完美，如成了妖的白蛇。

李小莉是个好女孩儿，她的手真的很好看，只是这双手不该拿走不属于她的钱。

红　痣

那颗痣殷红如豆，不偏不倚，正镶在乳沟之上。

长着这样一颗痣的女人叫李小莉。

陶明透过玻璃杯趁敬酒的机会，忍不住一瞅再瞅。这颗痣的位置太有悬念，似乎一错眼就会滑进那道沟壑深处。

陶明有些醉了，今天他喝得不少。主要因为他不断护花替李小莉挡酒。

"来，小李，咱们两家公司一向关系不错，以后您还要继续关照哦。"K公司田经理摇晃着，再次走到李小莉面前。

陶明满脸含笑站起来，巧妙地横在两人之间，情势一变，二人对垒成为三国鼎立。

"田经理关照我公司才对，互利互惠，有钱大家赚，继续合作，继续合作。"于是田经理的酒糊里糊涂进了陶明的肚子里。

"小李不但年轻有为，更是大大的美女，来，我代表我们友好单位敬美女一杯。"田经理哈哈哈，探身从桌上端起李小莉的酒杯。"陶主任这杯酒你再替就师出无名了啊。"

"美女可不敢当，田总这杯酒我却不敢不喝。"李小莉大大方方和田经理碰杯，一饮而尽。

一阵淡淡幽香从李小莉身上传来，陶明晕了晕，嘿嘿笑着坐回旁边。这是李小莉第一次与关系单位接触，陶明在心里琢磨这个李小莉到底有多少酒量。

自从李小莉进入公司，陶明就没有停止过琢磨。李小莉的背景过于扑朔迷离，没人知道她是从哪里冒出来的，一到公司就进入他们这个要害部门，都没有进行过实习，这在公司尚属首例。他们可是个大公司。李小莉到底是什么来路呢？工作了两个月，这个李小莉谦逊有礼，伏低做小，明明就是刚出校门脸蛋不错的菜妞。

越神秘，越让人忌惮。

李小莉坐下时，扭头冲陶明点头笑笑以示感谢，如果不是眼花，那粒痣似乎随之在胸前微微颤动，像一粒珠子，正等人采摘。陶明挂在脸上的笑容在醉意里发酵。他凑向李小莉，悄声说："别喝多了。"

李小莉巧笑嫣然举举酒杯："谢谢陶主任，您辛苦了，敬您，以后工作上还要多多帮我啊。"

陶明连道客气，推辞中目光好像受了蛊惑，老瞟向那粒红痣。今天天热，李小莉穿了件黑色低领打底衫，这是陶明第一次发现李小莉这个部位竟然长着这么一颗诱人的红痣。

K公司和单位同事全在兴致浓处。不断有人来向李小莉敬酒，李小莉也不时给人敬酒，李小莉带着那粒红色的佩玉像一只蝴蝶，翩翩地飞落，又高高地飞起，起落间撩起一层又一层的细浪，一次又一次柔软地漫过邻桌的陶明。我可千万别喝多了。陶明在心里告诫自己。

谁都知道他们这个部门有些财路，莫非李小莉是某领导派来的卧底？当务之急要弄清这个李小莉的底细。陶明一面在心里盘算，一面殷勤地照顾李小莉。被人说成会放电的双眼始终不离李小莉左右。

李小莉的脸慢慢红了起来，在陶明的关注中神情扭捏，下意识地伸手往上抻领角，说话是瞟陶明的眼神扑扑闪闪，像蜂鸟身上不停抖动的翅膀。她微有醉意脸色酡红，像盛开的桃花，与胸前那颗红痣交相辉映一起燃烧。陶明晕晕乎乎地对自己说：我可不能醉了。

"陶主任，明天那笔订单能不能让我试试？"李小莉双手捧着酒杯，送到陶明眼前，"我来这么久了，为公司一点儿贡献也没作，觉得心里很不安呐。"

陶明有些为难，这笔订单非同小可，只有他身边的核心人员才能参与，这关系几位老总的财路。

李小莉水汪汪的眼神浸在水晶杯里，混合着白酒晃啊晃，把陶明晃迷了。

"我再考虑考虑。"陶明嘴里这么说，却痛痛快快将李小莉杯中的酒一饮而尽，"小李，好好干，有你出人头地的那一天。"他像对自己人那样嘱咐。

散场时，陶明佯作无意将手搭在李小莉后背，关切地问她怎么走。

一道寒光迎面砍来，马上又倏忽不见，陶明怀疑是自己眼花，仔细打量，李小莉脸色未变继续微笑着，她轻声说，有人接。

来接李小莉的车已经停在酒店门外，陶明一看车号，一桶冷水浇下来，酒醒了。他恨不得自己没长那只手。

李小莉紧走几步，摆手道别，街灯下，那粒红痣闪闪发光，这下陶明看清楚了，咳，哪里是红痣，明明是颗冷艳的红玛瑙。还好他没有下手。

白眼泪

我们不过是两只大蛆，这是我和我妹妹多年以后的某天意识到的。

那天叔走进我们家时，母亲正在厨房里准备中饭，叔低眉眯眼浅笑着，和母亲打过招呼后径直到书房找到了我。我正擦拭屋里的每一样家具，桌上，父亲透过镜框用他深邃而清澈的眼睛认真地看着我们。

叔在门口站住了，他肯定是先看到父亲，然后走进来给他的哥哥敬了一炷香。

"大妮儿，有个事儿想和你商量下。"叔迟疑地开口。

"叔，你说。"我对这个叔心存感激，因为他是父亲唯一的弟弟，父亲生病时，他很是照顾父亲。

"小雷要结婚了。"小雷是叔唯一的儿子。

"好事儿，上次见他只说快了，没想到这么快，什么时候？"我黯然看了一眼父亲，小雷是父亲最钟爱的侄子，父亲爱他远胜过爱自己的两个女儿，如果父亲在，肯定会给小雷一个极大的红包，和他能力范围内能有多隆重就多隆重的婚礼。

"今年腊月初七。"

"哦。"我从父亲因为打着灯光而显得容光焕发的脸上扭过头。父亲的忌日在大年三十。父亲不在了，却并不妨碍人世间的岁月流动。没有了父亲，别人仍然过得风生水起，而我们家却永远出现了一个断面。我恍恍惚惚应着，心里一阵难过。

"好事，得好好办办，家里就小雷这一桩喜事没办了。"

"是啊，到时你和二妮儿都去帮忙。"

"没问题。"我想，现在离腊月还早呢。

"是这个事，"叔呢喃着进入正题，"小雷刚买了套房子，在东林小区。"我点点头，知道，这是一个高档小区。"二手房，一个老板不住了，要出手，四十五万，我这儿还差点儿……"

我明白了，不过我等叔自己说出来。

"我和你婶子能借的都借了，还差四五万，你看看你这儿——"叔不敢看我，也不敢看父亲，坐在椅子上，冲我只是抬头瞄一眼，瞄一眼。

我望见病房外一只裹了腊月寒气的手，当着众人及护士的面递给我一万元，不，是两万，分两次，在不同的时间。那时候父亲住在 ICU，透析加呼吸机，每天一万五千四百二十九元，妹妹全心注意的是主治医生进出 ICU 时的脸色，我同时注意的还有每天发给家属的帐单。

"孩子，家里没现钱，不多，过几天你婶子从外地回来再拿。"我眼里满是泪，一滴两滴，热辣辣的，掉在钱扎子上。那时候我说啥也不避讳叔，包括对母亲没有照顾好父亲的不满。

"要不是急用，我也不找你，都是自己家的孩子，可卖房子的老板给了最后期限，这个房子小雷和他对象都相中了。"

我连连点头，脸上的笑容像九月绽放的月光。我说，没问题，过两天我给您送去。

叔走时，我只送到书房门口，他要我止步。他穿过走廊的腿法儿像只放下包袱的兔子。

我给妹妹打了一个电话，她十五分钟后回家。两个人跌坐在父亲两边，相顾无言。

小时候我和妹妹最喜欢玩的游戏是拿着一面镜子反射阳光，炽白的光束在院子里飞跃，叮在树干上，叮在对面的墙上，叮在母亲的花衣裳上，世界就是那道光，世界在我们的眼里都是亮光光的，妹妹小疯子一样扑着追，笑得哈喇子像线一样，淌在衣服上。只是后来妹妹不喜欢我了。她讨厌我的强硬，完全站在唠叨的母亲那边。小时候我们一起玩游戏，过家家，我带着她疯跑的记忆，都被后来日渐长大的日子埋没了。

望着妹妹，突然发觉父亲去世后，短短的时间妹妹和以前不一样了，齐耳短发的脸上，有一种以前从来没有的刚韧表情。我们静静坐着，有风从我们身体里穿过，冲击成一个风洞，耳朵里只听得到呜呜的风声。我们同一个耳孔。

"凑。""给他，不欠他人情。"我们异口同声，咬牙切齿。

我们为我们难得的默契笑了，一时又不约而同掉起了眼泪。父亲站在桌子上笑我们，笑得很是淡然。

母亲做好饭在厨房里喊：

"大妮儿——"

"二妮儿——"

我和妹妹正沉浸在自怜、无助、相依为命的感伤里，谁也提不起兴趣答应。

母亲走进书房，她问我，却面向妹妹："你叔来咱家是啥事儿？"随后她不等回答，自顾抱怨："我成没用的人了，啥事也不和我商量了。"

我恼火地说："人家当然是不愿意直接得罪你了。"

母亲犀利地转头盯着我。我偏不说。这些年和母亲的战争不止，似乎从我记事起我们就相互敌对，相互不喜欢。她从来没有表扬过我，抱过我，而妹妹从一出生就是她心肝宝贝，比妹妹大五岁的我理所当然成了妹妹的保姆。

"叔来是要姐还帐。小雷结婚要买房子。"妹妹向我使眼色，一向温婉的她示意我注意说话语气。

"啥？你爸刚死他就来要帐？"母亲不相信地重复。脸上有种受到意外打击的惊恐。

我心一软，放低声音，镇定地说："还给他，明天我从同事那儿借点儿，医保报销的那部分也快能取了，够了。"

"人尸骨未寒就要帐，这不是欺负孤儿寡母，我骂他去。"母亲气急败坏地要冲出家门。

我和妹妹拦住她，和她讲，咱家没那么惨，一时紧张点儿，三个人都有工资呢。我给母亲交实底，父亲除有医保可以报销一部分费用外，临走清醒时曾单独告诉我一个存折。当然，这是我随口一个善意的谎言。我母亲很难安抚。而我累了，想不出更有效的方法。

母亲眼泪汪汪望着我们俩，像个没主见的孩子。妹妹不由自主拉住我的手，我也拉住她的，好像多年前我们在一个打雷的夜晚做的那样自然、亲密。我们母女三个，坐在父亲的遗像前，像同命相怜的三姐妹。当我们是个体时，我们很孤单，当我们合到一起，我们不再是三只无用的大蛆，而是父亲面前一滴白色的眼泪。像水一样柔软，比水晶还要坚韧。

记忆之漂

一个人只要正常总是有记忆的，那些往事就像立体相册，说不定什么时候就会给你来场豪华演出。我确信自己脑部关于记忆的神经还可以，但这会儿怎么努力也想不起眼前这个人是谁。

这个人自称叫"何君"，五十二个小时前他打来电话，亲昵又惊喜，说他终于找到了我。再三个小时后，他站到我的办公桌前。我给他沏了杯茶，铁观音，安溪极品。

"老吴，你真行，瞧瞧这办公桌。"何君啧啧叹着，中指关节"当当"磕了磕板台暗哑的磨沙桌面。

"咳，一般小公务员，有本事的都做企业去了，我们没本事的就在机关混个工资而已。"我谦虚地自嘲。

"咱初中三年，像你这么出息了的真没几个，风水全被你们几个占了哟，哈哈哈。"何君朗笑，神态颇有几分自诩，我判断他应该也是把自己分在那"几个"里面。

"说说都有谁啊？"我试探着问。说实话，我依然没想起他是谁，却不好意思承认。

"李贝，刘佳，司玉海，乖乖，都开着几家大公司，尤其是李贝，这家伙生意做到了国外，身价数亿，瞧势头还要涨。"何君喝了口铁观音，纯正的琥珀汤色顺唇而下。"好茶。"他赞了一声。

我没想到那个司玉海竟然和我是同学，前年司氏集团来我市考察项目时我曾参与接待。那可是很有实力的集团。可我怎么一点儿也没印象和司玉海是同学呢？

"还记得不？当年咱们几个翘课去看电影，《黑楼孤魂》，第二天你和我说，夜里害怕不敢起床，硬是一泡尿憋到天亮。哈哈哈。那时候真好啊。"他感慨着又饮了一口茶。

"还记得校花小玲吗？全校男生的梦中情人，你给她写过情书，自己没

胆，还是托我转交。我们曾在一天晚上去她家，就是走走她回家的路，那天晚上的月光真清啊，清凉凉滋润得像水。还记得不？她呀，没考上大学，找了个什么人就嫁了，前两天见到她，珠圆玉润的，见到她我就想起你，想起当年的好时光，觉得无论如何也要找到你。"何君端起杯子慷慨地一饮而尽，之后将它重重蹾在桌子上。

我感动地接过杯子，重新为他续上水。

何君说他没别的事，儿子接手生意后挺顺溜，他就闲了下来，闲下来就追忆似水流年，想念旧日好友了。

我很惭愧，先前还曾疑惑他是借口找我办事的。看来我错了，真的是我的记忆出现了问题。他说的这些人在我的记忆里好像沉着底的石头，任是怎么打捞也抓不住一个实在。

我努力回忆，望着眼前这个一表人才、腆着肚腩、微微有些谢顶的何君，听他继续回忆，继续闲聊。慢慢一个乳白的虚浅影子浮出水层，在我少年时代似乎确有那么个人一直陪在我身边。我更加努力让这张脸在记忆的河里跌跌撞撞地攀爬。

猛然，我一拍脑门，对，就是他，这个何君，他正是我从儿童过渡青年时的那个同伴！

我有些激动。我家离他家不远，许多中午就是在他家吃饭，他妈妈蒸的包子很好吃，皮薄馅大，咬一口，一股滚烫的热油就嗞地喷了出来，烫得舌头火辣辣地疼，就这也舍不得放嘴。我娘说我那两年个子起得挺快，都是吃何家大包子吃起来的。

"走，我请你吃饭。"我一把扯上他。

我得感谢何君找回了我的早年记忆，这么些年了，似乎总是在一路奔走，无论是风天还是雨天，只管向前，从不回头。我以为自己是没有多少过去的人。

"还好吧，这些年，"酒是心引子，在酒店我再次举杯，动情地问，"阿姨还包得动包子吗？"

"不在好几年了。"何君已经有了反应，两侧颧骨往上一片褐色。

"唉。树欲静而风不止，子欲养而亲不待。"我和他碰碰杯，咕噜咕噜喝下了肚，"我娘前几年也不在了，让她们老姐俩做个伴儿吧。"

"刚见你时看你那眼神，还以为你不认我呢。"

"哪儿能呢，刚开始是有点儿眼生，你不说有多少年没见面了，我家很早就搬走了，你又不是不知道。"

"你小子混得不错，瞧你滋润的，比我显年轻多了，我是一副沧桑，未老先衰啊，儿子跟着混出来了，我成了没用的人。"何君心事重重，不像先前在办公室时那样意气风发。

酒媒酒媒，酒果然是媒人，一时间我也忍不住唠叨起自己，把自己这些年的经历一股脑倒了出来，很简单，也不简单，无非是上大学，进机关，娶妻生子，晋职，应酬，等等。似是一帆风顺，可在生活中总像缺少了点儿什么，是那种像润滑油一样的东西，总感觉自己像没有根似的，空，偶尔会怀念像水那样清冽冽月光的晚上。嗨，别以为我全忘了，那些记忆都打了包埋在冻土里，一直都在，只是位置模糊了，颜色变浅了，上面结的冰层越积越厚，没人提醒就想不起来。

我们边喝边说，又是笑又是哭，悲一阵喜一阵。我越来越确定这个人就是知道我当年尿过几次床的铁哥们儿。

酒酣面赤，记不清喝了多少啤酒，也记不清我们在这个酒店坐了多久。

突然何君一头歪向我，压低了嗓子，伤感又忧愁地对我说："其实我姓李，我一直叫李小波，是李小莉的二哥。"说完他趴在桌上呼呼睡去。

橙色的啤酒在透明玻璃杯里晃来晃去，把我的眼都晃晕了。均匀的小泡沫像花儿，一朵朵从杯底开放，又一朵朵在边沿处碎裂。我也要碎裂了，在碎裂前我绞尽脑汁追寻冻土之下的记忆：

李小波是谁？？

李小莉又是谁？？？

大院里的沧州人

老刘一从老家回来，大院里就好几天飘着腌大白菜的味道。肯定又是老刘带回来的"冬菜"。

冬菜就是把大白菜去老帮、绿叶，切成小块，晾晒后拌上精盐和蒜泥，装坛，压实，封口，发酵制成。味道就像老刘的秉性：咸中略辣，香中微甜，实在得像自家人。老刘的冬菜和老刘本人是县政府大院的"二宝"。

大院已经形成一种印象：见老刘会想起冬菜，吃冬菜会想起老刘。可别人就是做不成"老刘冬菜"那个味儿。做冬菜得用俺沧州本地大白菜。老刘满脸陶醉。老刘思乡时就是这副表情。

按说拿人家手短，吃人家嘴软，大家每年要吃老刘几十斤冬菜，老刘人气又一直比较旺，可在最近一次民主评议中老刘却掉了队。

说来也蛮气人，不是老刘人缘出了问题，而是最近大院进了贼。这贼也忒大胆，硬是在大白天作案，而且连续作案，五天时间两次出没，连盗七间办公室。最后一次是从县长办公室出来后，经过办公室时，发现小吴的包儿在桌上便顺手拽走，刚要下楼梯，迎面正碰上小吴，小吴看他眼生问，你是干什么的。贼嘴里说找人，脚下没停，几步跨过小吴下了楼，转眼人就没了影儿。小吴疑惑着走回办公室，一看桌子，立马大喊起来：有贼！

贼没捉到，身为综合科科长的老刘就成了众矢之的。之后好些天，老刘进大院都溜着边儿。

老刘给科里的人开会，言简意赅，三句话：加强值班制度，注意进出人员，年底多分冬菜。

正值大暑天，别人躲进屋纳凉，老刘天天在大院里转，腰板笔直，像二十年前部队里的那个机敏威武的侦察兵。他边转边琢磨：到底是一级政府，门岗也比较严格，贼是从哪儿进来的呢？

机关前院是没出去独立门户的部门，后院是县政府，中间是停车位和绿化带。在七月炽烈的阳光下，绿化带里的花花草草们显得很是艳丽明媚。老

刘站在树荫下瞅了好一阵。

不知那贼是盗上了瘾，还是艺高人胆大，居然第三次光顾县政府。这次刚窜了一间办公室就被发现，在众人的呼喝声中，贼一路狂奔跑向东围墙，快接近时，蹲守在此的老刘跳了出来，拉开架势，当头就是一拳，贼躲闪不及，正中面门，扑通一声栽倒在地。

后面追兵已近，贼挣扎着爬起来，把包扔到一旁，冲老刘磕头：叔，饶了俺吧，再不敢了。这贼一口沧州腔。老刘盯着那黑不溜丢的脖颈，一跺脚，咬着牙说：滚！

这幕捉放贼大家都看到了，有关老刘是武林高手的说法开始在大院流传。有人问及，老刘嘿嘿笑着矢口否认：瞎说！

邻居们知道，老刘确实会打拳，拳脚大开大合，迅猛有力，打得兴起时拳掌呼呼挂风。最近他收了个徒弟，和老刘是同乡，人看起来本本分分的，早晨晚上跟老刘一起打拳。徒弟显然是有根基的，跟老刘学习一年，居然在公园开了一家教小孩子练功的武术班。

有人说这个徒弟像被老刘放掉的贼，一向和气的老刘急了眼：瞎说，即便是，就不兴人家学好了？

过后，他拿着一坛冬菜找到人家：来来来，刚从老家带回的冬菜，吃，吃，吃！

好梦长圆

那女孩就像会走路的影子，将我团团围住。她无声无息，无处不在，我常在一瞥之后，惊出一心冷汗。

这女孩太强了，她就像一束电子射线，巨大的辐射力严重干扰了我的正常生活。

她不是我的粉丝。虽然我年轻英武相貌堂堂，有着医学博士后的头衔，并且有着短暂出国深造的历史，虽然我是这座城市医科大学重金挖来的人才，并且由此身边确实集聚了不少暧昧及非暧昧的身影，但这个女孩绝对不是其中之一。她与她们的目的有着本质上的不同。

她是悬浮在半空中的幽灵。

我和她姐姐认识，那个美丽的女子。高挑的个子，身材丰润有致，结实的大腿从根部呈黄金比例直直地到达脚踝，两捧小小的乳房即便是躺着也无损它们的完美与纯洁。这个美丽女子薄嫩的皮肤上覆盖着一层淡淡茸毛。很可爱。我喜欢长着细柔汗毛的皮肤，这说明有着这样皮肤的人身体健康，能够正常呼吸排汗。

但这个美丽女子是不呼吸的。零下一百度的低温拥抱着她。她静静躺在水晶冷柜里，长长的睫毛闭合着，眉清、鼻正，双唇自然合拢，面目状态怡然，安详得像一个睡公主。我第一次见到她时，就被她端庄的仪容吸引。

医科大学在我户头存了一大笔活动经费，前提是必须用成绩来回报。我手里正攻关一个科研项目，需要一个女性解剖体。我曾向医院提出过申请。那天医院打来电话："领导，过来一下，人间绝色。"电话里的"绝色"就是这个美丽的女子。她在一家旅店被人发现割腕自杀。

她身上的血迹没有清理干净，浅色衣裤被泅染得看不出本色，那种红褐的铁锈色渗透进衣料的纹理，与衣服合为一体，一辈子也洗不清了。她的脸上也是，整个人像是从变了质的酱缸里捞出的。学医多年，我见过各种死亡，但仍惊讶一个人的身体里竟然可以存储如此多的血液。

"至少，她死前并不是很痛苦。"我撑开她的牙齿望了望。

"是啊，这女孩儿吃了一整瓶的安眠药。"有人递过来几张纸，"原件公安拿走了。遗书。失恋。"惋惜地说，"这么年轻漂亮，真想不开。"

"没问题吧？"我盯着冰凉的女孩问。

"个人有遗愿，要捐献身体。父母都不来，说随她想怎么样。"那人开出一张张证明办理手续。"没见过这样的父母，要么是气迷了，要么是不合。啧啧。"

就这样，这个女子就成了"我的"。

趁别人忙乱时，我翻看了那份遗书。共八页。满纸绝望的倾诉。但我不喜欢看这样非理性的东西，只去寻找尸主自愿捐献遗体的依据。好，找到了，下面规规矩矩写着"李小红"这个名字。

OK，那么现在"你"——李小红，真是"我的"了。我对冰柜里的美丽女子自语。

但我还没来得及面对李小红，李小莉就来了。她说她叫李小莉，李小红的妹妹，并拿出户口本和身份证。如果不是在试验室之外，阳光确实算得上明媚，如果不是身边来来往往人流不息，我几乎要错将眼前这个李小莉认定是凉冰冰的李小红。

她望着我，冷静地说："我要我姐姐。"

"可是，这是你姐姐自愿的，有遗书，而且医院是与你们家属有协议的。"我在大太阳下直冒虚汗。也许我应该吃几粒谷维素，这两天太累了。

"不，我不认为是她清醒状态下的意志。她不知道会疼。"这女子坚决地说。

"死人是不知道疼的。"我笑着安慰。一刹那我恍惚觉得自己是在诱惑那个躺着的李小红，在解释解剖其实像打针那么简单。

"不，我不同意，我要我姐姐。"李小莉很执拗。

从这一刻起，我开始生活在两个李小红之间，一个是死的，一个是活的。

当我进入实验室时，活着的李小红闭起眼歧视我，当我走出时，死去的李小红就哀婉地站在我眼前。从来没有碰到这样的事情。我直到现在也没有动那个李小红，每当我要拿起手术刀，都觉得自己在进行一件邪恶的事情。类似于谋杀。我要疯了。

有一天我请李小莉到大学里的咖啡厅喝茶。

她讲了一个并不稀罕的故事：双胞胎姐妹，父母离异，精神贫困，自卑。她们像不起眼的小草，在地皮上不起眼地生活，直到有一天其中一个自认为

找到了天堂，却发现所托非人。我要我姐姐。她觉得自己没有意义，我却不能放弃她。她就是我，我就是她。李小莉以此句作结。

我投降了。我可以拿着手术刀在尸体上任意游走，却无法亵渎一个仍然有思想的身体。

回来后，我细细端详着冰柜里闪烁着生之光晕的李小红，决定放她走。我为她被割裂的腕部做了缝合手术。一针一线，一线一针，我觉得自己在做一件意义非同一般的大事。

我去参加李小红的火化仪式，在焚化炉要关闭的那一刻，我纵身跃入，与李小红肩并肩躺在一起。李小红眨眨眼，冲我笑了。她浑身仍残留着做人体标本时的寒冽。我深深叹了一口气。被融化了。

当然，这只是一个梦，在我将李小红还给李小莉的前夜所做的梦。否则我不可能讲述这么一个故事。

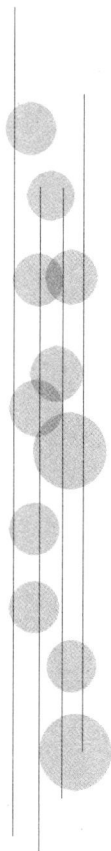

1994 年的娄平

1994 年 4 月，娄平回来后，第一桩大事是在老宅起了栋别墅，三层，高低错落，西洋化的设计，听说是娄平从外面带回来的图纸。家里哥哥已分家另过，老宅子里其实只有老俩口儿，老俩口不事张扬原是不主张盖新屋的，即便是盖也没打算盖成书记说的"亮点"，这好比草鸡窝里的草鸡突然一抖身做起了凤凰。到底还是拗不过娄平，书记那个"亮点"一封，镇上的不知怎么知道了，县里接着也有了话，说小娄庄紧邻国道，干脆给点儿补贴，整个村子全部弄成"亮点"吧。据说不盖成一样的不给批新宅基地，虽然正式文件还没下来，还是惹得村人叫骂不已。凭啥要和娄平这小子盖一样的屋子？农村盖房讲究攀比，起的房子至少要比邻居高一砖，就是要不一样，又有高人一等的意思，没人丈量，也没人明说，大家心里透亮。现在没得比，全是娄平惹出来的。

娄平回来第二件大事，是赶在五一娶了本村一个老姑娘，左脚有点儿残疾的，父母木讷不善为人，一拖再拖把闺女落在了家，三十二了吧，人还算平实，别人想这老姑娘要终老一生了，没想到天上掉下来个脱胎换骨的娄平，三十九岁，大是大了点儿，可人稳当了，而且看样子很挣钱。啧啧，这福分。结婚那天，婚礼大鸣大放，彩花绸带满街飘，小小的小娄庄给闹得纷纷扬扬，似乎是嫌不过瘾，挂了红绣球的头车领着长长的车队沿着国道狠狠炫耀了一回。

娄平回来第三件震动人的事，是他身边始终跟着一个六七岁的小男孩，瘦瘦的个子，白果儿似的脸，一副怯怯的样儿，看哪儿哪儿都是好奇的。有人问，娄平告诉人家是外面捡的，在襁褓里就跟着他。对于这个回答人家总是有几分疑惑的，毕竟这些年娄平不是生活在大家眼皮子底下。新婚媳妇回门儿时，偷偷和娘家姐妹说，晚上小小子和娄平一个被窝睡。娘家姐妹抿嘴儿笑她。

关于娄平自己，好像还不容别人在嘴里把他捂热，七月，一股烟儿似的

带着爹娘妻小把家安进了县上，买了套房，在县新华书店对面赁了一间门面，开起了光盘、图书租赁门市。任老家那桩刚盖起来的大别墅闲着，荒着。爹心慌，娄平淡淡一笑，说，那是给别人看的。

娄平笑时必是先掀开左唇角，向上翻，露出一道凹凸不平的豁口，豁口里是满口的牙。牙是不会笑的，所以娄平笑起来，更像是咬牙切齿在恨。这道伤疤从娄平左下巴横斜而上，穿过嘴巴，一直延伸到右颊耳际。我常常回味娄平笑时的模样，并在清晨起床洗漱时不自觉地模仿那种表情。

娄平脸上那道疤像镇山虎，不见它咆哮却让人心生寒意。门市生意不是特别好，也和这个有点儿关系吧。9月，一辆叫得惊天动地的警车带走了娄平。新华书店的店员都跑出来了，围观的人有的说娄平戴着手铐，有的说没戴，双方赌天咒地争论很久。现场来的还有一台摄像机，几个记者掺在警察群里拥进门市，小小的屋子塞满人后，又掏空一样蜂拥而出，有人裹挟着那个小小子一起带走了。

11月，娄平被刑事拘留，罪名：盗窃、诈骗、劫持、拐卖儿童。娄平被拘留因为有人告他，那人说是他的同伙。同伙已经被正式逮捕，证据确凿，对自己的犯罪事实供认不讳，为减轻罪刑就咬出了娄平。当年他们曾一起南下闯荡。

爹娘去拘留所看他，一个巴掌拍过去，爹哭了，骂道，你个王八羔子的钱不干净，回去我就把新屋拆了。娄平说，判别的行，我没拐卖儿童，那孩子是我救下的。可同伙一口咬定是他们一起劫持了孩子。那是个小男孩儿，刚四五个月，贩到农村能卖一个数。狗日的娄平见孩子到手想吃独食，自己悄悄把孩子偷走倒卖。

我真没偷孩子。娄平给爹娘跪下。我也不知道他们是从哪儿偷的。南方的冬天冷起来贼冷，五六个孩子躺在板床上哇哇哭，也不知是饿了还是尿了，小脸儿哭得青紫，有一个，不哭时拿小眼儿瞅我，乌黑乌黑的眼眸子，清亮亮的，他躺着，可就像站在天上批判我，瞅得我难受啊。收孩子的下线路上耽搁了，要过两天才来，两天，谁知道这些孩子们会出什么事。趁他们不注意，我抱起一个就跑了，半路他们截住，一刀砍了过来……

你为啥不报案。

我害怕啊，怕他们报复，怕到警察那里说不清。我匿名往民政局打过电话，说了孩子的模样，可等了五天也没见人，就带着孩子走了。这些年，小平安就跟我自己孩子似的。爹，娘，你们得相信我…………

这些话是记录在案的，作为一名实习律师，我有幸看到当年的记录。

罪名迟迟不能认定，中间有许多事实需要取证。那名同伙因为其他罪行罪大恶极，被判死缓，两年后执行了死刑。娄平于当年 12 月 31 日当夜，撬开窗户，从五楼跳下，原因不详。这些都记录在一本薄薄的卷宗里。

2001 年 4 月 5 日，这天是清明节，我又见到了娄平。稀溜溜的风从天上刮下来，像刀子，明明天上挂着艳艳的大太阳，偏又冷得硬梆梆，哪里都是冰柱一样的，打在人脸上，脸疼，隔着棉靴抽在脚上，脚疼。娄平站在自己的墓碑旁，嘴角上翘，还是那副让人心生不安的微笑，只是那眼神里，充盈着对人世洞悉的放达、宽容，以及慈悲。

我就是 1994 年娄平身边那个脸像白果儿，叫平安的男孩。